甘い漂流

D・ラフェリエール

小倉和子訳

藤原書店

Dany LAFERRIÈRE

CHRONIQUE DE LA DÉRIVE DOUCE

甘い漂流

居り替る羽音涼しや蟬の声

北枝

新しい町に
到着したばかりの人へ

カナダ・ケベック州

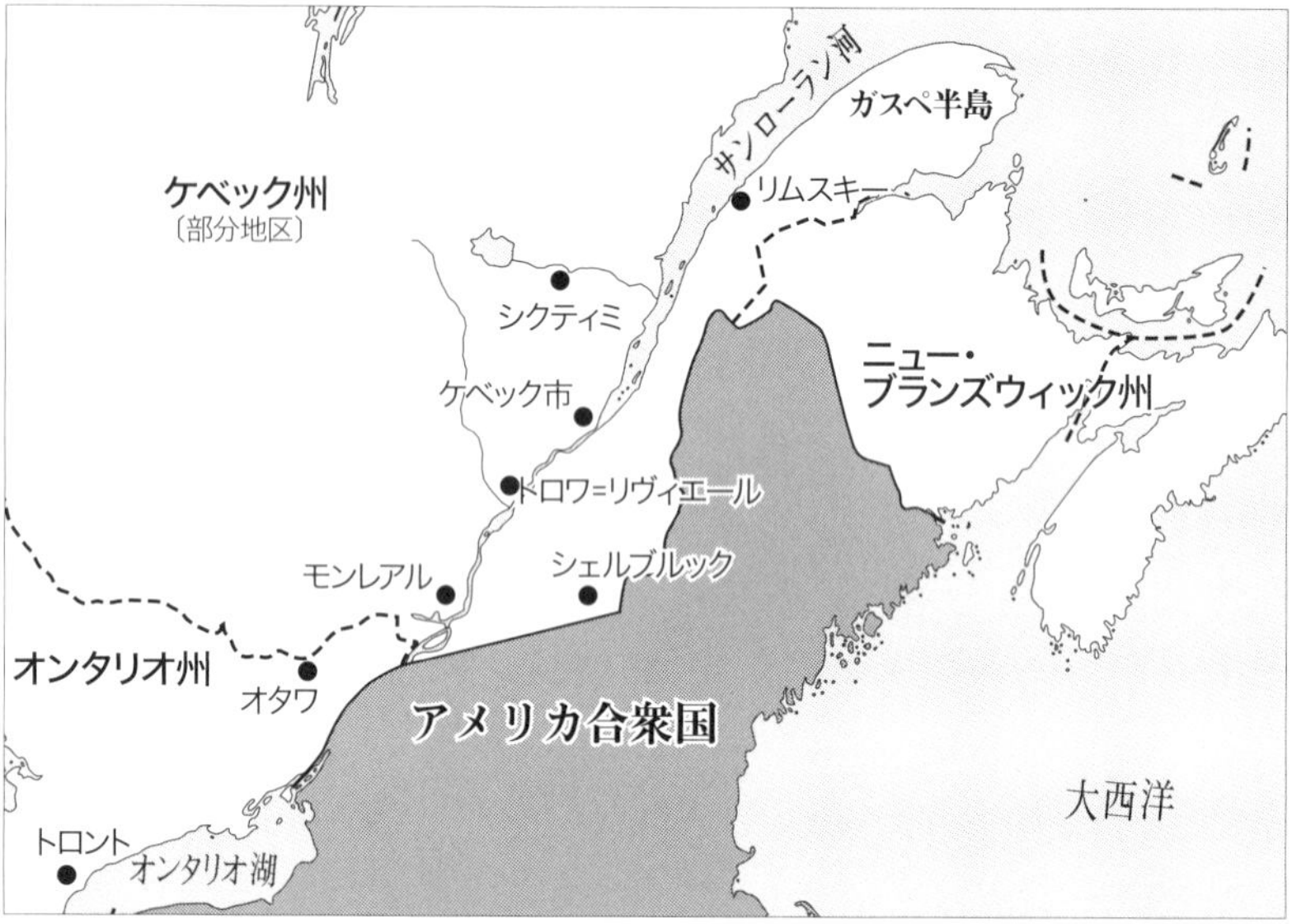

モンレアル（カナダ・ケベック州）市街

きちがいじみた熱帯の
独裁政権を逃れて
まだかすかに童貞のぼくは
モンレアル*に到着する。
一九七六年の盛夏のことだ。

ぼくは空を眺める、
数分前まで
生まれて初めて
自分があの高みで
星々に囲まれていたのだ
と考えながら。

空港の、そして世界中の
スクリーンというスクリーンでは
おびえたような黒い大きな目をした
とてもか弱そうな長い腕の

*モントリオールのフランス語読み

小柄な体操選手が、
踊り、飛び、
自分の足が
床についたときしか
目や腕を
開かない。

最初の動作から
ぴたりと正確な身振りで
停止する
瞬間まで。
弓なりになった身体。
ナディア・コマネチは眠っている。
それがオリンピック史上
初めての
十点満点の
説明だ。

抱擁しあっているカップル。
際限のないキス。
娘のほうは赤いミニスカートをはいている。
ぼくは歩調を緩める。

カップルは身を離す。
娘は見ている
青年が歩いて
旅行者たちの群れの中に
消えていくまで
長いあいだ。
彼女はうなだれて
車に戻る。

ぼくらはとてもにぎやかな
界隈を横切る。

するとキツネのお面をかぶった男が
タクシーのボンネットを
叩きはじめ、
それからフロントガラスの上に
横たわる。
運転手にはもう
道路が見えない。
キツネが地面に飛び降りると
車は曲がり
静かで薄暗い通りにはいっていく。

花が飾られたバルコニーでは、何人かのお祭り好きが
おしゃべりをしながら飲んでいる。
人びとは通りのど真ん中で抱き合っている。
カップルのあいだをジグザグに通り抜けていく
車など気にもとめずに。

タクシーの運転手はラジオをつける。
高い声が
ロックスターやモデル
そのほかにもスタジアムのアイドルたちが
町に到着したことを知らせる。
運転手は「これはバビロン*ですな」
とつぶやきながらラジオを消す。

真っ裸の男が一人
歩道を走っている。
警官たちは
見て見ぬふりをする。
群衆が喝采する。
「ソドム*ですよ」と運転手はいう。
ぼくはさっきから気がついていた。
前方の座席に

＊聖書によって退廃の象徴とされたメソポタミアの古代都市

＊旧約聖書に記されている都市。風俗の乱れにより神の火に焼かれて滅びたとされる

緑色の聖書があるのに。
祭りから遠のき、
北に向かって
車を走らせる。
ほんの一瞬
目を閉じて
自分だけになる。

少年たちが
スーパーマーケットの
煌々(こうこう)と照らされた
駐車場でホッケーをしている。
白い大きな腹をした
毛むくじゃらの腕の男が
おれは眠らなければいけないんだ、
と窓際でどなっている。

夏はいつもこうなんですよ、
と運転手がぼくに教えてくれる。
昼間が長くて
なかなか夜に
ならない時期は。

料金を払おうとすると、運転手が
お金はとっておいて
次に会ったときに
払ってくれればいいですよ、という。
たこのできた掌で
聖書をたびたび撫でてはいるが、ぼくは
レグバに会ったのだと思う。
新しい世界に
通じる柵を開いてくれる
ヴォドゥ教*の神々のなかの唯一の神だ。

*カトリック儀礼と呪術的要素が一体となったハイチの多神教。日本ではブードゥー教と呼ばれることが多い

管理人がぼくの前を歩いて
暗い階段を昇っていく。
小便と洗剤の匂いがする。
彼はドアを開けてぼくに鍵を渡し
ふたたび降りていく。
ぼくは彼の重い足音に耳を傾けて
最後のかすかな音まで聞く。

部屋の真ん中にたたずむ。
足もとにはスーツケース。
この静寂がぼくにいう。
おまえはようやく
目的地に着いたのだ、と。

窓の下にある
狭いベッド。
ぼくは服を着たまま

そこに身体をのばす。
定期的に激しく揺れる
冷蔵庫。
月の丸い
目の下で
ついに眠気が
ぼくを連れ去る。

ぼくは真夜中に
息ができなくなって
目覚める。
自分が招かれざる客だと
感じるこの夢の中で、
嘲笑をたたえた男が
黄土色の土くれで満たされた
コップの中身をぼくに飲ませようとする。

夜が明ける少し前に
雨が降り始める。
そしてぼくの苦悩は
見知らぬ国の
真新しい空のほうに
すばやく飛び去った。

昨夜
通り抜けてきた
カラフルな町は
どんよりとした今朝
ぼくが見出す町とは
似ても似つかない。

通りの角で
黙ってバスを待つ
この人たちはどんな人たちなのだろう?

ぼくの後ろにいた
小さなヤギ髭をたくわえた若者は、
これは労働者階級だよ、とぼくにささやく。
彼らのことはずいぶん聞かされていたので
こんなに間近に見て
ぼくはとても驚く。

小さかった頃、
どの国にも
独特な色が
あるものだと思っていた。
よそでは空は
黄色で、
海は赤くて
木々は薄紫色なのだ、と。

ぼくは失望したわけではないが、

生計を立てるため
だけでも
こんなに早起きしなければ
ならないことに
当惑する。
貧困は
独裁政治の
結果の一つであり、
ここでは別の段階に
移行しているものと
思っていた。

小さなヤギ髭の若者は
赤い毛沢東語録を
ぼくの手の中に忍び込ませる。
振り返りもせずに、ぼくは
彼に理解してもらった。

一息ついて、自分の周囲で
何が起きているか知るには
少し時間が必要だということを。

二十四時間も経たないうちに、
ぼくは二つの宗教と
半神から呼び止められたことになる。聖書とレグバ
そして毛沢東だ。さしあたりぼくは、
もう少しまともな寝床と
温かい食事のことしか考えていない。

ある意味では、この国は
ぼくの国と似ている。
人びとがいて、木々が生え、空があり、
音楽があり、女の子たちがいる、
そして酒も。しかしどこかで、
とてもはっきりとした点において、

まったく違う
という感じもする。愛とか、
死とか、病、怒り、
孤独、夢、あるいは喜びにおいて。
でもこうしたことは皆、直感にすぎない。

ぼくは
世の中がどんなか、
他人がどうしているか、
彼らがこの地球上で
何をしているか
見に来た
行きずりの観光客ではない。
好むと好まざるとにかかわらず
ここに留まるために来たのだ。

町はきれいで、女の子たちは美人だ

——まるで夏のシャンソンのようだ。
ものごとは上手くいっているように見える。
しかしそれも
あとどのくらいのことだろう？
自分の運命が
分かるようになるまで
ぼくは目だけをたよりに歩き回る。

西のほうに行き、
二つの名前をもつ通りを越える。
サンローラン通りとセントローレンス・ストリート。
二つの言語で分割された町
二つはあまりに近いので、
まるで中断されたキスのように対立している。
壁よりひどいのは、壁がないことだ。

イギリス人とフランス人は

この大都市ですれちがっても互いを見もしない。
猫だって生き延びたかったら
鳴き方を知らなければならないのに。

町の一方には、
かつての主人。
もう一方には、
かつての水運び人。
さらに先には、
新移民。

ぼくは公園のベンチに
すわっている。
頭の周りではハトが飛び回り
靴の先には
小さな池。

ポルトープランス*に
残してきた友人を忘れるには
どのくらいの時間がかかるだろう？
目を閉じただけで
まだ向こうにいるような気がする。
車の騒音はどこも
同じだ。

子ガモが
母親を探して
池のそばに戻ってきた。
彼は水に映った
自分の姿に
怪訝（けげん）な顔をしている。
しかしその苦悩は
一瞬しか続かなかった。

*ハイチの首都

ぼくは、この瞬間
自分がどこにいるのか誰も知らない
ということに気づいて微笑する。
ぼくにはまだ友だちがいない。
定住先もない。
人生はぼく自身の手中にある。

公園を
散歩するあの娘。
胸をはだけて。
ブルテリアを連れている。
人びとは彼女に
一瞥をくれようとさえ
しない。

ぼくは一晩中
新しい都市を歩き回る。

通ってはいけない
地区を
まだ知らないし、
近づくと
危険な女の子たちのことも知らない。
一カ月も経てばぼくは
この純真さを失ってしまっているだろう。

何か新しいものがあるとすれば
それはこの清潔な匂いだ。
すべてが冷たい雪の厚い層に
覆われてしまう
半年間の冬の結果だ。

四季を
知らないうちは
この土地の者ではないだろう。

ぼくが知らない過去は
ごく最近のもので、
すぐ後から現在をせき立てる。
そしてときおり
会話に混じる。
そんなとき、
ぼくはすぐさま
よそ者の身分に逆戻りする。

ぼくは自分が何日前から
ここにいるか
分からないし
あとどのくらい
ここにいるかも分からない。
自分の人生について何も分からない。

クレマジー五〇、これはバーの名前だ。

みすぼらしいバー、クレマジー通り、
五〇番地の。
土曜の夕方は
移民であふれている。
娼婦たちもいる。
いちばん若いのでも
六十五歳にはなっているだろうけれど。

ぼくをこのナイトクラブに
連れてきたやつは
ちょっと待って、という。
すぐに女たちが来るから、と。
さあ、来たぞ。
彼女たちは二人で
百三十六歳にはなっている。
ぼくはまもなく二十三だけど。

身体はおそらく
昔より年取っただろう。
皮膚にはしわが増え、
骨はひからびている。
声は不変だ。
目を閉じさえすれば、
十六歳の娘たちと一緒にいるのと同じだ。

二人の女のうちの一人がぼくに一杯おごってくれた。

――酒は飲みません。

――わたしのこと、アルマンドって呼んでね。あなたにここで会うのは初めてよね。

――一週間前に到着したばかりです。

――まあ、なんてすてきなんでしょう！　ねえ、リズ、この人は一週間前にモンレアルについたばかりなんですって。まだ町を案内していないでしょう？　わたしが引き受けるわ。

しかし、アルマンドよりすばやいリズはもう、ダンスステージでぼくにぴったりくっついている。

ぼくはしばらく
いてから
立ち去る。
彼女たちが
年取っていたからではない。
彼女たちの目のせいだ。
冷たい視線だった。

モンロワイヤル通りで
ピザを食べる。
カウンターには新聞。
ぼくは食べながら読むのが好きだ。
ウェイトレスに
水を頼むのは
これが五度目だ。
彼女は今度ばかりは

それまでのように
微笑まなかった。

サントカトリーヌ通り*で
ばったり
長いこと会っていなかった
友人に出会う。
彼はぼくを自宅に連れていく。
ぼくはソファーで眠る。
翌日、彼の奥さんが
ぼくに仏頂面をする。
ぼくはコーヒーを飲んでから立ち去る。

太陽がまともにぼくに照りつける。
数秒間、
ポルトープランスにいるのかと思った。
シェルブルック通りに沿って

*モンレアルの目抜き通り

集まった人びとが
マラソン選手を応援する声が
クレオル*の歌のように
ぼくのところまで届く。

ぼくはカフェのテラスで
見たところだ。
一人の
すらりとした
褐色の髪の
若い娘が
ほとんど手をつけていない
ニース風サラダの中で
メンソールのタバコを
消すのを。
これは足を組むのと
同じような

*植民地時代に西欧語と西インド諸島の土着語から生まれた混成語

ただ美しいだけの
しぐさだったのだろうか？

ぼくはこの瞬間、どちらが
自分にとってうれしいだろう、と考えてみる。
人待ち顔の
褐色の髪の美人の
微笑みか、
それともレアステーキか？
ぼくはこのところ、
何よりもまず
肉が必要だと認めざるをえない。

通りの角に警官がいるよ、と
この男がぼくに教えてくれる。
——どうしてぼくにそんなことというんだい？
——なあ、友だち、君は黒人で、

貧乏だけど、密告者のようには
見えないからさ。

夜、
とても遅い時間に、
中華街に行けば、
裏通りで
食べ物を見つけられるぜ。
レストランの裏で、な。
犬と
競争だけど。

ぼくはあえて
以前の暮らしのことを考えない。
二週間か
三週間前の暮らしのことを。

今大事なのは三つのことだ。
学ぶこと。
食べること。
眠ること。
眠ることがもっとも貴重だ。

駅のベンチで眠っていた。
ちょうど警官がやってきたとき、
誰かがぼくにそっと教えてくれた。
「ニューヨーク行きの長距離バスを待っているといってごらん。」
ぼくはそうしたけれど
警官は信じてくれなかった。
出発に必要なものをもっていないからだ。

到着以来、
あることを学んだ。
たった一つのことを。

好きなだけ叫んでもいいが、
誰もおまえのことなど聞いてはくれないだろう。
だから、そんな振る舞い方では
だめなんだよ、ヴュー*。

雨があまりに強かったので、
もうずぶぬれだ。ぼくは走って
キヅタに覆われた赤い
煉瓦づくりの家の
車寄せで雨宿りする。
雨がすさまじい
リズムを保っているあいだ
ぼくは壁に背を向けている。
まるで機銃掃射されようとしているようだ。

カーテンが動く。
振り返ると

*話者の愛称

ガラスの向こう側で
ぼくを見ている
人たちがいる。

太陽が戻って来た
前よりいっそう輝いている。
車の屋根には
小枝が。
ついにぼくは水を吸って
いらつかせる音を立てている靴下を
脱いでしまう。

ぼくは裸足で歩く
服が
乾くまで。
これは
子どものころ

すでに学んでいたことだ。

数日前から
ウトゥルモン*の
緑豊かな高級住宅街で
友人のきれいに整頓された
小さな部屋に寝泊まりしている。
ぼくがどこかで
自分の住所をいうと
人びとはもう一度ぼくを見るために
振り返る。

ぼくはこの友人の
アパルトマンを出た。
彼が
つらい
事実を

*モンロワイヤルの丘に近い、フランス系住民が住む高級住宅街

絶えず
蒸し返すからだ。
もう十五年以上
国に
戻っていない、と。

夜遅く
ある店の前を通りかかる。
すっかり閉店しているのに、
テレビだけがまだついている。
音はしない。
『カサブランカ』をやっている。
ぼくは立ち止まって映画を見る。
翌日そこに戻ってみる。
ウィンドーが壊されている。
テレビはもうない。

ぼくは通りの
角を曲がる。
教会のすぐ前で
何人かの老人が
ひなたぼっこをしている。
まだ南イタリアの村に
いると思っている
トカゲたちだ。

ときおりぼくは
自分の名前が聞こえたような
気がして
振り返る。
ぼくの知らない人たちが
こちらを見ている。
まるでのっぺりした
壁でも見るかのように。

ある男が
独り言をいいながら歩いている。
彼のあとについていく。
彼はぼくを炊き出しのスープのもとに
連れてきてくれた。
ぼくの本能は
間違っていなかった。

ぼくは一杯の
温かいスープと
大きさがほぼ合う一足の靴をもらった。
ぼくのサイズは十二だ。
何かを見つけるのは
いつだって難しい。

スーツケースを預かってくれている

友人の家に行って
シャワーを浴び、着替えをした。
「これ以上君には何もしてやれない、
ヴュー、妻のせいなんだ……、
どうして妻がこんなに君に反感を抱くのか
分からないいんだが。」
このあいだ、彼の奥さんが
ネグリジェ姿で夜の眼差しで
ぼくをもてなしてくれたのだけど、ぼくは
何のことか分からないふりをしたのだ。

今朝シェルブルック通りにある移民支援センターに行った。ぼくは旅行者だとしつこく繰り返しているのに、ぼくの案件の担当者は、もしぼくが旅行者ではなくて亡命者だと申請することに同意すれば、単なる移民に交付する二十ドルではなく、六十ドルをあげられる、という。ぼくは亡命させられたわけではない、殺される前に逃げたのだ。

ハイチでは
生き延びるために嘘をつく。
それはぼくも理解できる。
しかしここでまで嘘を
強要されたくはない。
歩道に出てすぐ
封筒を開けてみると
百二十ドル入っていた。
この労働者街に
ちょうど一部屋借りる
ことのできる額だ。

新しいアパルトマンに
引っ越してきて
起こりうる
最悪のことは、
プラグが抜かれた冷蔵庫と

その中に入っているビールを
見つけることだ。

ぼくは最初に目にとまったカフェに入り
カウンターに陣取って
フライドポテトとコカ・コーラと一緒に
ハンバーガーを頬張りながら
鏡の中の
女の子を観察する。

彼女はサーモンのタルタルステーキから
顔を上げる。
ぼくたちの視線が
交差した。
その瞬間の
強度は
相当なものだったので

一分後には
ぼくは彼女のテーブルに
来ている。

赤ワインを一本
二人で飲み、彼女を
ぼくの部屋に誘う。
彼女は、それよりぜひあなたが
サンドミニック通り*の
わたしのうちに来て、という。

ポルトープランスと
モンレアルの違いは空間だ。
ポルトープランスでは
若い娘が青年と出会ったら
問題となるのは
百万人の目から

*サンローラン大通りのすぐ東を平行して走る通り

隠れる場所を見つけることだ。
人びとは一時たりとも
彼らを放っておいてはくれないからだ。
モンレアルでは、二人のパートナーはどちらも
自分の鍵をもっている。

それはとても小さな部屋で
いたるところに人形が置かれている。
彼女はゲンズブール*の歌に
合わせて踊るために
テーブルを壁のほうに押しやった。
とてもいいプロポーションをしているけれど、
あまりに小柄なので
ぼくは彼女に触れるのを恐れた。
愚かなことをしたと
思ったのは
階段まで来てからだ。

*一九二八―一九九一、フランスの反体制的な作風のシンガーソングライター、俳優

ぼくは南のほうに
二時間歩いたが
黒人には一人も会わなかった。
ここは北国の町だよ、ヴュー。

一人の男が住所を探している。ぼくはちょうどその前を通りすぎたばかりだ。すぐそこですよ、この方向です。男はぼくに礼をいって立ち去る。ぼくはあてもなく橋のほうに歩きつづける。キャッチできたものもあるけれど、知らないものも同じくらいある。それに、知っているものと知らないものの区別がつけられないことさえある。これらの無数の情報が、自分の脳を通過することなく身体に突き刺さる細い針のように感じられる。

こんなことが
ますます頻繁に起こるようになる。
突然、自分がどこにいるのか
分からなくなるのだ。

橋を見ても、
別の橋がダブる。
さっきのように
誰かがぼくに話しかける。
すると、ぼくに話しかけている人の
声とは違う
別の声が聞こえる。
ぼくの近い過去が
現在にたいして
自己主張しようとするのだ。

橋の向こう側には、金持ちが住む郊外のこぢんまりとしておしゃれな町がある。店員は正装し、美容院とパーラーが隣り合っており（だから客の女性たちはそのあいだを行き来できる）、頭を剃り上げ、腕にタトゥーをした青少年たちがぴかぴかのバイクを乗り回し、女の子たちは時のポップ・スターが着ている服しか買わない（彼女たちは『ピープル』誌*を取り出してカッティングや色を確かめるが、生地は見ない。なぜなら高いのは生地だから）。逃走した捕虜特有の偏執的なエ

＊米国の娯楽雑誌、一九七四年刊

ネルギーを持ちつづけている小柄な老人たち、埃だらけのエナメル靴をはき、B級俳優のような角張った顎をした郵便配達員たち、通行人、とりわけぼくのようにここに住んでいるようには見えない通行人にたいして、疑り深い視線を投げかけることをやめずに車の中でいつもコカ・コーラを啜っている警官たち。家を一軒プレゼントされたとしても、ぼくはこんな所には住まないだろう。

ぼくは急いで
帰宅したくなる。
ひどく汚い部屋に。
流し台には
汚れた皿の山、
いたるところにゴキブリ、
そしてこのビールのむっとした臭い。
ぼくは早く寝そべりたい。
シーツのないマットレスの上に、
腕を交差させて、
これがこの銀河系で

ぼくが占有している場所だ、
と考えながら。

――君は来るのが遅かったな、ヴュー、
と、〈アフリカ人〉がぼくにいう。
ほんの五年前だったら
月二十ドルで
一部屋借りることができたし、
新しい冷蔵庫を
備え付けてくれるよう要求もできたのにな。

一人ひとりが自分の世界に閉じこもっている。ぼくは常習的なおしゃべりたちが住む首都を後にして、静寂が大好きな者たちの町に降り立った。ここでは人びとは隣人に話しかけるよりテレビを見るほうを好む。彼らを引き離している距離はときとして乗り越えがたいもので、そのことは他人の視線を躱(かわ)すための心の動揺にも現れている。

声をかけ合いたければ
お天気の話だって
まだよい
話題だ。
ここではみんなあまり文章を
つくるのが好きではない。
黙って、汗を流して
行動するほうが好きだ。

公園のハトたちが
ぼくに不安げな
鋭い視線を投げかけている。
彼らは承知しているのだ。
ぼくがレモン風味のハトの
おいしいレシピを知っていることを。

ネクタイをした一人の男が大股で公園を横切る。そのとき一羽のハトがベンチに降り立つ。これら二種類の都会人、公務員とハトは、よくすれ違うが互いを見ることはない。しかし、大都会のアイデンティティにとっては必要不可欠なものだ。一方が他方の上に糞をするまでは。それはぼくの肩に落ちてきた。

ぼくはたった今ぼくに糞をした
太ったハトの
へたくそな飛び方を眺める。
重そうで、ぶくぶく太り、醜くて、
飛ぶこともできない。
こいつはきっとぼくのポトフのなかで
生涯を終えるにちがいない。

ハトの次は猫だ。少々弾力性のある肉を軟らかくするには、パパイヤの葉と煮なければならない。猫は家にこもりがちな動物で、人間の愛撫と声に慣れているだけに、仕留めるのが難しい。幸いなことに、夜、路地裏にはいつも一匹か二匹うろついているが。

ペラの店では
何でもよそより安い。
しかし管理人や、
主婦や、
老人より前に
起きなくてはならない。

水曜日の朝早く、
まだ閉まっているペラの店の
ドアの前に並ぶ。そこで
野菜を買うのだ（ニンジン、
玉ネギ、キャベツ）。ぼくはうまく算段して、
代金をまけてくれる
年配のレジ係のところに行けるようにする。

ぼくには選択の余地がある
ワインつきの美味しい食事を一回だけして

残りの一週間は断食するか、
ハト肉入りご飯を
食べるか、だ。

ぼくはそれを羽のついたまま沸騰した湯の中に入れる。二十分ほど経ったら引き上げ、白い皿の上にそっと置き、羽を一枚ずつむしって、そのあと内臓を取り除く。最後にレモン汁の中でたっぷり一時間とろ火で煮る。このレモン風味のハトのレシピは、無料の肉を大好物とする公園のアル中老人に教わったものだ。

——腹を空かせた者には、と年老いた浮浪者はいう。
ハトは空飛ぶ
ステーキだ。

簡単な献立。米、ハト、
ニンジン、玉ネギ。
ぼくは小さなオーブンで全部煮込む。
ゆっくりの調理。

香りが部屋いっぱいに広がる。
ぼくは一人では食べられない。
外に出て
公園で探す。
一緒に食事してくれる人を。

誰かを食事に誘って
それ以外に下心がないと
分かってもらうのは
容易ではない。ここでは食べることは
優先事項ではないからだ。

この新しい部屋を借りたとき、ぼくは壁にピンで留められた写真を見つけた。それはデパートのカタログから切り抜かれたものだった。カップルの後ろ姿だ。男性のほうは女性より三倍歳をとっていそうだ。太っていて、背は低く、山高帽にグレーの外套。すらりとした若い女性は毛皮のコートを着ている。キャプションには「ご婦人のコートの代金を支払ったのは殿方です」とある。

この町では
ぼくにとってすべてが新しい。
まずこの小さな部屋、
冷蔵庫、
オーブン、
浴室つきだ。
電化されていて
二四時間ずっと使える。
そしてベッドに
女の子を
誘うことも、
死ぬほど酔っ払うこともできる。

地区を区別するのは色ではなく匂いだ。魚屋のそばに住んでいたことがある（毎週土曜日は海の匂い、そして水曜日はホルマリンの匂いがした）。二週間も我慢できなかった。それからパン屋のそばに引っ越すと、美味しいパンの匂いが夢の中にまでしみ込んできたものだ（配管が出すすさまじい騒音のせいで引っ越した）。その後、くだもの屋のそばに住んだ（南国の香りが辺りにただよっていた）。最後に短いあいだファストフード店（ケンタッキー・フライドチキン）から二メートルのところに滞在した。そのとき以来、ぼくは耄碌（もうろく）じいさんの笑みをたたえた高齢の大佐を刺し殺す夢を見る。

垢だらけのマットレスの上に
横たわってはいるが
寝入ることが
できない。
喧騒のせいだ。
パトカーのサイレン、タクシーのクラクション、
浮浪者たちの罵り（ののし）あい、
さまざまな騒音。
窓枠の中で
そよ風が
木の葉を踊らせている。

音楽を奏でる木だ。

すべての騒音が消える。

ぼくは眠りに就く。


この男は生活保護で暮らしている。いつもテレビの前に釘付けだ。上半身裸で。足元にはビールが一箱。彼の部屋の前を通りかかると、いつもぼくを引き留めようとする。

――これ見てみろよ。

ぼくは中に入る。

――彼女、知ってるかい？

――ダイアナ・ロス*だろ、とぼくは答える。

――スタイルがいいなあ。

――きれいなのは当たり前だよ。

――おれが彼女をものにしたところを想像してみろよ。

――ああ、そう、とぼくは立ち去りながらいう。

――おれにはもったいない、と思っているだろ。

――ちっとも。

＊一九四四―、米国の黒人女性歌手

——ただの黒人女じゃないか。

——わかったよ、ボス。

——おれは好きなときに彼女をものにするぞ。

浴室に入る前に振り返ると、彼はテレビでダイアナ・ロスを見ながらマスターベーションしていた。

おまえの怒りは
大事にとっておけ、ヴュー。
いつかおまえの役に立つときがあるだろう。
さしあたり、歯を
磨いておきな。

今のところぼくは
歩くことか眠ることしかしていない。
これはすべて、考えることを
避けるためだ。
生活の基本的なことを

解決しないうちは、
何にせよ精神に関わる
ことには用心するのだ。

昨晩、ぼくは真夜中近くに、疲れきって帰宅した。一晩中、目を閉じることができなかった。隣りのやつがセックスしていて、女の子——新顔の——が嘆き声で「ねえ、話して、話して」とずっと叫んでいたからだ。一晩中こんな感じだった。「ねえ、あなた、話して、わたしに何かいって。」朝五時頃、とうとう我慢できなくなって、ぼくはやつの部屋をノックしに行った。彼がドアを開けると、ぼくはいった。「ぼくが眠れるように、何でもいいからいってくれ。さもないと建物に火をつけるぞ。」彼は一言もいわずにドアを閉めたが、十分後、ぼくはエロチックでややこしい夢を見ていた。

ここでは、夜は
いつも騒がしい。
警官たちは
ぼくが住んでいる建物の

階段で時間をつぶしている。
静寂は朝
五時頃にならないと訪れない。
それから午後二時までは
平穏だ。

発砲が
夜を二つに分かつ
そしてぼくの隣人の一人が
翌朝の
テレビニュースで
大きく報道される。

ぼくの隣人たちは
刑務所に
自由に
出入りしている。

彼らのうちの一人が
階段でぼくに近づいてきて話しかける。
——おまえは盗みもしなければ、
薬の売人でもない、
おまえのために稼いでくれる女が
いるわけでもない。いったい
どうやって生活しているんだい？
心配げな兄貴の口調だ。

昨日の午後
ぼくの部屋をノックする
やつがいた。
ぼくは彼を中に入れる。
冷蔵庫にはビールが一本残っていた。
彼は窓辺に行ってそれを飲んだ。
それからぼくのほうを向いて
内緒話をするような声色でぼくにいう、

みんな、ぼくの暮らしぶりが
気になっているんだ、と。

彼はぼくが
フランキーの仲間なのか
ルジャンの仲間なのか知りたがっていた。
たっぷり一時間説明されて
ようやく分かったのは
フランキーとよりルジャンと
一緒のほうがよいということだった。
いずれにしても、
月末までに
この建物を出たほうがよさそうだ。

このあいだの晩、ぼくは
うなじに蛇のタトゥーをしている女の子と
階段ですれちがった。

彼女はぼくを自分の部屋に誘ってくれた。
部屋に熊のぬいぐるみが
こんなにあるのを見るのは初めてだった。
ぼくが起き上がって
部屋から出て行こうとするたびに
彼女はつけ加えるのだった。
ゾーヌ・ルージュ*のほかの娘たちの話と
似たりよったりの自分の身の上話に
血まみれの一章を。

先住民の居留地に近い
農場での子ども時代。
思春期になると家出。
暴力的な父親と
黙して共犯者になっている母親から逃れるためだ。
背筋をぞっとさせる
単調な声音で

＊バイク・クラブ

彼女は何時間も
不幸の数々を数え上げる。麻薬、
売春、中絶。
最後に分かった、
彼女がぼくと寝たかったのは
一人きりで
夜明けを迎えたくなかったからにすぎないのだ。

ポルトープランスでは、夜は
短い。町は夜十一時から
朝四時まで
ぐっすり眠る。
目覚めは突然で早い。
夜明けは最初の野菜売りの
女たちの声と
トラックの騒音とともに訪れる。
それから喧騒が始まり

日が落ちるまで
止むことがない。

ここで、ぼくは発見した、
かの地では知らなかったものを。
少なくともぼくの社会階級では。
朝寝坊だ。
かの地で、
朝七時以降
ベッドにいたら
病気だということだ。

白馬（シュヴァル・ブラン）で働いている
ストリッパーのジョアンヌ。
彼女は台所の床の上で
死んで発見された。
テーブルの上にはメモがあった

（銀行為替と一緒に）。
それにはシクティミ*の母親のもとに
荷物を送ってほしい、と書かれていた。
ドアのそばに
大きな赤いスーツケースが二つ。

管理人は
小切手をポケットにしまいながら
スーツケースは私が引き受けます、といった。
しかし警官が、出がけに
疑り深いまなざしをぼくに投げかけた。
いつものことだ。
管理人の笑みを見れば、
彼女が心づけを
ケチらなかったことは明らかだ。

それから三十分も経つと

*ケベック市から約二〇〇キロ北に位置するサグネー市の一地区

管理人が
新しい間借り人に
ガスオーブンの使い方と、
とくに窓は
常に閉めておくように、と
忠告しているのが聞こえた。
昨年あやうく
火事になりかけたらしい。
窓が開いていた
部屋の中に
誰かが通りから
火のついたタバコを
投げ入れたのだ。

ぼくは裏通りに面した
窓から眺める。
昨年

燃えたその建物の中に
人影が
潜り込んでいくのを。
「パイプ」の値段は
さらにつり上がり
平均的な労働者には
手の届かぬものに
なってしまったようだ。

流れ星を見て
びっくりする。
これはあまりに遠い昔に遡る
感動なので
ぼくは他のことを
すべて忘れてしまう。
自分がありのままの人間であることを感じる。
窓辺にいる一人の人間だ。

警察がドアをどんどんと叩く。ぼくたちは黒人十五人ほどで、テレビでホッケーを観戦しながらビールを飲んでいる。警官は最後までぼくたちとつきあった。彼が応援しているチームは負けたが、彼はかなり紳士的なプレーヤーで、暇さえあれば交番に電話をかけてくる隣りのやつに気をつけるように、と忠告してくれた。「こういう人は私たちの仕事の妨げになるのですが、法により、どんな通報にも対応しなければならないものですから。」階段まで来ると彼は警官の口調に戻り、次回は全員連行するぞ、と大声でぼくたちに忠告した。ポリ公がいつもぼくたちの味方とは限らない。

腹が空いて
真夜中に
起きる。
頭も痛い。
冷蔵庫の中を
探し回るが
あるのは

骨が一本だけ。
この骨で急場をしのいだのは
これが初めてではない。

ベーコンの匂いで目が覚める。左側の隣人がテレビをガンガンつけながら朝食の用意をしているのだ。スポーツ記者たちが前夜の試合のことでまだ口論を装っている。彼らは数字でしゃべっている。アルファベットが数字でできた、新しいちんぷんかんぷんな言語を編み出したのだ（日にちや、文字で汚されていない記憶から引き出す数字など）。この職業を選ぶとき、いったい彼らには助言してくれる母親がいたのだろうか？　この人たちは就寝前に最後に聞こえてくる人たちだ。そして、朝目覚めたときいつでも真っ先に聞こえてくる人たちでもある。彼らはあるタイプの女の子たちから大量の手紙を受け取る。彼女たちは髪をアップにし、先が曲がった長い爪をしていて、テレビの常連ではないあらゆる人たちに侮蔑的な視線を投げかけるのでそれと分かる。たしかにスポーツ記者たちは好き勝手に画面に現れたり、そこから消えたりする。特ダネを引っ提げて登場したり、それを探しに出かけたりするだけでいいのだ。どんな特ダネなのか、ぼくにはさっぱり分からないけれど。ぼくに分かっているのは、けばけばしいネクタイを締めたこれらのスポーツ記者というのは、執達吏と同様に、嫌いなもののリストの最上位に来るものだ、ということだけだ。病院で死ぬ瞬間に聞くのも、同室の隣人のテレビから聞こえてくる彼らのうちの一人の声であるような気がする。

ぼくは、ある朝
ベッドの中に
自分以外のものを
見つけた
『変身』*の
主人公と同じくらい
驚いている。
ぼくを驚かせるのは
このベッドの中にいる、ということだ。

彼（カフカの主人公）は、
自分の周りでは
何の変化もなかったのに

＊フランツ・カフカの小説、一九一五年刊

自分自身が変身した。
ぼくは（不幸なことに）
自分の周りでは
すべてが変わったのに
自分だけはもとのままだ。

向かい側では、新しいストリッパーが起きたところだ。ぼくは彼女が歩き回るのを全部目で追うことができる。ちょっとすわったかと思うと立ち上がり、冷蔵庫に何か取りに行く。たぶん一杯のオレンジジュースだろう。彼女もテレビをつける。手をたたく。それから立ち上がって、使ったばかりの食器を洗いに行く。彼女の流し台はごったがえしていることなどけっしてなさそうだ。彼女がいつか、ぼくの流し台に汚れた食器の山を見つけたら、ぼくのことをどう思うだろう？

ぼくがシャワーを
浴びているあいだに
誰かが部屋に
はいってきて

テーブルの上に
置いてあった
家賃を取っていった。

何が起きたのか分からないけれど、
きちがいのような笑いに
取り憑かれて
たっぷり三十分
笑っていた。
ぼくの左隣りのやつが
壁を
叩きはじめるまで。

ぼくはオレンジの皮をむくために
すわる。
それを食べる
気はないのだけど。

そういうときは、
手持ちぶさたにならないようにしなければならない。

ぼくは管理人に
ゴミを降ろすと伝える。
緑色の袋二個だ。
彼はぼくに疑り深い視線を投げかける。
それは生まれつきのものだ。
管理人室の隅っこに
赤いスーツケースが二個あるのを見て、
ぼくにはすぐ分かった
彼がストリッパーの
お金をとっておいていることを。
そしてぼくのほうは、家賃をとっておいている。

外に出て
北のほうに

歩いていく、
あてどなく、
そして
部屋に
何も残して
こなかったことを
願いながら。

退屈すると、
ぼくは切符を買って
一日中
地下鉄の中で
人びとの顔を眺めて過ごす。

昔、コルタサル*の中編小説で
読んだことがある。
一定の割合の

＊一九一四―一九八四、
アルゼンチンの作家

人びとは
地下鉄の中で
人生を過ごし
地上には
けっして上がってこない、と。

ぼくは町の中心街に
何キロにもわたって広がる
地下の生活を発見する。町の
下に一つの世界。商人や
住人、旅行者、
従業員などがいる
このしゃれた村が
どうやって機能しているのか
ほどなく理解できるようになる。
彼らのことはその習慣で分かる。
正確な時間にコーヒーを飲み、

食事を取り、散策するのだ。これは
地上でキノコのように増殖する
高層のオフィスビルの地下だ。
このような心地よさの恩恵に浴すには
警官たちを巧みにやりすごさなければならない。

ファストフード店の前で
物乞いをしているやつが
まるで知り合いであるかのように
ぼくのことをじろじろ見るのをやめない。
彼はぼくにハンバーガーをおごってくれる。
彼に何も頼んだわけではないのに。
彼はぼくの状況が
自分の状況より
あわれに違いないと思ったのだ。

人びとは分かって

いないらしい
この町に
新しい王子が
いることを。
今はまだ
ぼくは浮浪者にすぎないけれど。

食べるものと寝る場所を
見つけたかったら
耳をそばだてるだけでいい。
さもなければ、町の東側の公園は
警察の監視がゆるい。
地べたに寝るなら
その辺に散らばっている注射針に
気をつけなければならない。
ある地区に
警察が増えるたびに

みんなはよそに行く。

ぼくはイタリア人街の
花が咲き乱れる
小さな公園の
ベンチに
すわって
女の子たちが通り過ぎていくのを
見ている。

日が暮れる。
一人で、金もない、
だからぼくは
このバラ色の夕暮れを
好きなだけ楽しめる。

今ぼくは

イタリア人街に住んでいる。
家主は
すぐ下にいる。
こうしてぼくは
地下貯蔵庫と中庭の恩恵を受ける。
アントニオは地下貯蔵庫で
ワインをつくり
小さな中庭に
野菜を植えているのだ。

彼は毎週
トマトをいくつかと
まずいワインを一本ぼくにもってきてくれる。
これはずっと続いた。
ぼくが彼の娘、
情熱的なマリアとつきあっていると
知るまでは。

ぼくのために、いとこが経営している
小さな会社に
この仕事を
見つけてくれたのはアントニオだ。
彼はぼくのことを
まるで自分の息子のように扱ってくれる。
ぼくは彼の娘と
寝ているというのに。

ぼくは帰宅が少し遅かった。マリアがぼくの部屋の前の階段にすわっていた。彼女はぼくを通すために壁のほうに身を寄せた。ドアを開けると、腐ったレタスの匂いがまともにぼくをひっぱたく。ぼくはまっすぐ冷蔵庫に行って、トマトをいくつか出して、何もつけていないパンと一緒に食べた。アントニオのワインを味見しながらだ。テレビをつけようとしていたとき、ある疑念にとらわれた。ドアをそっと細めに開けてみると、マリアはまだ階段のところにいた。ぼくは外に出て、彼女を中に入れた。翌日、彼女は歯ブラシをもってきて、ぼくの歯ブラシのそばに置いた。

マリアは朝、歌を歌う
コーヒーをつくりながら。
それからそっとつま先だって
自分の家に帰る。
アントニオは寝るのが遅く
起きるのも遅い。安酒のせいで
いびきをかいているのが
ぼくの部屋まで
聞こえてくる。

アントニオは昼に髭を剃り
教会の前に
行ってすわり
旧友たちと
出身の村の

話をする。
彼らはまだ乙女たちの
心を射止めようと争っている。
彼女たちはとっくに亡くなっているというのに。

マリアはぼくにお父さんの
話をしてくれた。彼は
処女を妊娠させてしまったために
村を離れなければならなくなったそうだ。
娘の父親が、絶対に殺してやる
と誓ったのだ。で、子どもは？
私のことよ、と彼女は薄暗がりの中で
微笑みながらいう。
母親は幼い娘を抱えてイタリアを縦断し、
ここで彼を見つけた。
アントニオがイタリアに戻ることは
けっしてないだろうと分かった

二年前、彼女は
悲しみのうちに亡くなった。

中庭で
バーベキューをした。
アントニオはぼくに
地下貯蔵庫から
ワインを取ってきてくれと頼む。
マリアがついてきた。
ぼくたちが戻ってきたとき
彼女のドレスには
大きなワインの染みがついていた。
アントニオには何も見えなかったが、
こういう細かいことには
きっと誰かが気づいているものだ。

マルチェッロは

ミラノ出身だというが、ほかの者たちは
彼がパレルモ人だと断言する。
彼はいつもみんなより
三十分前に
仕事をやめる。
トイレに行って
髭を剃り、身なりを整え、
香水をつけて出てくる。
手には花束をもって。

アントニオがマリアの婿に
したがっているのはマルチェッロだ。
でも彼女のほうはぼくと駆け落ちしたがっている。
ぼくはマリアに静かにいった
お父さんに立ち向かうために
ぼくをダシに使わないでほしい、と。
ぼくは一人で歩く。

芝生の上に小さな赤い看板が立っている。「貸部屋」と書かれている。ぼくはベルを鳴らす。ドアが開き、ぼくの後ろで閉まる。二人の老婦人が、うす暗いけれどきれいに片付いたアパルトマンの奥までぼくを案内する。三つのソファーと低いテーブルがある小さな客間。彼女たちは一度に一人しかお客を迎えることはないらしい。

——何をなさっているのですか？　と歳の多いほうの女性がやさしくたずねる。

——今は何も。

——ああ、そうですか、ともう一方の女性が悲しそうにうなずきながらいう。

——で、さしあたっては？　と最初の女性がぼくにたずねる。

——町を知ろうとしています。

——まあ、それはよろしいですこと、と二人は声をそろえていい、ぼくに鍵を渡してくれる。

引越しには一時間もかからなかった。

汚れた洗濯物の袋を

部屋の真ん中に
放り出し、
食料品店に走っていって
段ボール箱をいくつかと
冷たいビールを
半ダース
手に入れ、それを
本が入ったケースの上にすわって
一気に飲み干す。

鏡の横の
黄色い壁に
このメモをピンで留める。
「ぼくはすべて欲しい
本も
酒も
女も

音楽も
しかも、すぐに。」

ぼくはバルコニーにいる。
向かい側の女の子は
無料のストリップショーを見せてくれる。
背中が見える。
横からも。
前はけっして。
彼女はぼくがいることを知っているのだ。
彼女の動作には
みじんの疑いもない。

ぼくはすでに
一匹のペルシア猫と知り合いだ。
それは公園の
真向かいに住んでいる。

二階の
三番目の窓だ。
ぼくはよく
その寂しげな眼差しに
出会う。
ご主人は
刑務所にいるのよ、と
赤い
ボールをもって
いつも階段にすわっている
少女が
ぼくに教えてくれた。

ぼくは州立図書館の
前に腰を下ろして
メルゲーズ*のサンドイッチを食べている。
背後には

*香辛料のきいた北アフリカ産のソーセージ

ありとあらゆる西欧文化がある。

前方には
活動している
都会の風景。
人びとは互いを見ることもなく
すれ違う。
昼食の後は
仕事に戻るために
急いでいるからだ。

彼らはひどく心配そうに
たえず腕時計を見ている。
まるで意志の力で
時間の流れを
遅らせることができるといわんばかりだ。
ぼくはこの嵐の真ん中で

じっと身動きせずに
留まっている。

ヴィッキーは公園で出会った女の子だが、
レストランに行きましょうよと執拗に誘う。
ぼくは一銭ももっていなかった。
勘定を
払う段になると、
彼女はトイレに行った。
ぼくはすぐにずらかった。

ぼくはヴィッキーに何の不満もない。問題は、彼女がぼくのことを男、つまり敵と見なしたことだ。ほんとうは、この新しいジャングルの中でようやく自分がどこにいるのか分かりはじめた一介の哀れな人間にすぎないというのに。じっさいには、ぼくたちの立場は見かけほど隔たりがあるわけではない。むしろ誤解なのだ。彼女が男と見たらお金を払わせようと思っているなら、ぼくはそこに昔の植民地支配者の娘を見ていて、すでに多少の貸しがあると思っているわけだ。互いの不誠実な態度が双方の権利要求を無効にしてしまう。

ビルや
松、さまざまな色彩、
さまざまな匂い、言葉の音楽を避けて
昼の
空を眺めていると、
ポルトープランスに
いるような気分になれる。

「朝日」*という
ジャズクラブのオーナーは
料理人で、奥さんを何人ももっている。
気が向けばドゥドゥ・ボワセル*という名の
詩人にもなる。
彼の陽気な笑い、グアドループ*のラム酒、
香辛料のきいた料理が、

*サントカトリーヌ通り西二八六番地にあった

*一九七八年、モンレアル第一回国際ジャズ・ブルースフェスティヴァルの主催者

*カリブ海に浮かぶ島嶼群、フランスの海外県

アメリカの最高のジャズ・ミュージシャンたちを
この小さな舞台に
引きつける。
今晩はディジー・ガレスピー*が
ニーナ・シモン*と交替で演奏する。

ぼくはディジーと長い会話をした。ぼくに話してくれたことが全部理解できたわけではなかったが。少し後になって小便をしに行ったとき、状況にはっきり気づいた。ぼくはディジー・ガレスピーとアメリカのこと、人種差別のこと、ジャズや、息を節約するためのテクニックなどについて議論していたのだ。たんに口角に少し空気を貯めておけばよいらしい。それから、その晩、ディジーの音楽を聴きながら、さっき自分がおしゃべりしていた相手はほんとうにこの人と同じ人なのだろうか、と自問した。彼の言葉は不明瞭だが、音楽のほうはそれと同じくらい澄みきっている。

ポルトープランスではたっぷり時間があった。
というより、それしかなかった。

＊一九一七―一九九三、米国のジャズ・トランペット奏者
＊一九三三―二〇〇三、米国のジャズ歌手

時間しか。ところが、失業状態が一般化していたので、
時間こそ、みんなと
分かち合わなければならないものだったのだ。
自分だけ隅っこで
何かを体験するということはできなかった。
林に小便をしに行くときを除いては。
これはぼくがジャズのこと以外に何も考えずに
ただじっとすわってジャズを聴いている
という状態に匹敵しうる
唯一の喜びだ。

ぼくが最初に音楽的な感動を経験したのは、そもそもおそらくこれが唯一の感動だったのだが、七つか八つのころだった。ぼくは眠ろうとしているところだった。ララ*は通常、山から降りてきてぼくたちの村に祭りをしに来ることになっていた。彼らは一晩中、通りを歩き回った。ぼくがその声を聞いたときには、彼らはすでに帰るところだった。ぼくは起きて、山の麓（ふもと）まで彼らを追いかけた。五十年後の現在もなお、戻って来るべきではなかったと思い続けている。

＊ヴォドゥ教のカーニヴァル音楽

ニーナ・シモンが舞台に登場する。
右手には緑色の飲み物、
口にはタバコをくわえて。
彼女の口はマイクにかすかに触れている。
彼女はタバコを吸い、飲み物を飲み、歌って
踊る（少しだけ）。
すべてはとても優雅で、
彼女の生のより内面的な様相を
明らかにしてくれる。
おそらく眠るときもこれ以上のエネルギーは
使わないにちがいない。ほんの少しの
すきま風でも消せるような
小さな炎。ニーナ・シモン。
しかしながら、彼女の声は
自分が恐ろしい嵐を
生き抜いてきたことを物語っている。

向こうでは、ぼくの友人たちは
何をしているのだろう？
土曜の夜だ。
彼らがどこにいるのか、ぼくには分かっている。
けれども、彼らはぼくのことを話しているかな？
そして何より、マリー＝フロールと
仲良くなったのは誰だろう？
もう一週間あれば
彼女とうまくいっただろうになあ。
今日ぼくは彼女が
別のやつの腕に抱かれているのを想像する。

一つの世界から
もう一つの世界に行くのに
もう眠りさえ
必要ない。

境界線があまりに
ぼんやりしてしまったので、
自分がどちらにいるのか
もう分からない。
しかし、こんなふうに
番人も置かずに
時間の柵を開けたままにしている
レグバはいったいどこにいるのか？

このあいだの晩、ドゥドゥ・ボワセルがディジーの二曲の独奏（ソロ）のあいだにぼくにこうささやいた。「女たちを味方につけたほうがいい。しっかりしていて、おまえを養ってくれるし、身体を洗って、服を着せてくれて、病気になったら看病もしてくれるだろう。覚えておくといい。男は誰だって母親が必要なんだ。母親がいなければ、別の女性がその代わりになってくれる。彼女たちはたいてい親切だよ。」そういって、彼は笑いながら台所のほうに行ってしまった。ぼくが彼のあとについていくと、野菜のあいだにチャールズ・ブコウスキー*の『ありきたりの狂気の物語』を一冊見つけた。ぼくがページをめくっているのを見ると、彼はそ

＊一九二〇―一九九四、米国の作家

れをぼくにくれた。

手に
本をもつたびに
ぼくは安心する。
いつでも
ベンチにすわって
それを開くことができると
分かっているから。

パトカーが無灯火で走っていた。それはぼくの後ろで止まった。ぼくは壁に押しつけられ、股を開かせられて、規定通りに身体検査を受けた。警官がぼくの書類を取り出して、車の中に残っていたもう一人の警官に相談しに行った。彼らは長いあいだ本庁と話し合っていた。ぼくの身体検査をしたやつが書類を返しに来たが、本は返してくれなかった。

――何が起きたんですか？　とぼくは最後にたずねた。

――黒人を探しているんだ。と車のほうに向かいながらいい放つ。

その前にぼくが本を取り上げられたのは、中学のとき、地理の先生にだった。眠くて倒れないようにカーター・ブラウン*を読んでいたときだ。

＊一九二三―一九八五、オーストラリアの推理小説家

車は、通り過ぎるときに
ぼくをかすめ、
身体検査をした警官が
しげしげとこちらを見た。
今回は脅かすだけだった。
もう一人の警官はぼくと視線を合わせると、
ぼくに思い知らせようとした。
おまえにはどんな罪だって
着せてやれるし、
それが通用するのだ、と。

このことをどう考えるべきだろう？
ありふれた出来事なのか、それとも
ぜったいに忘れてはならない

何かなのか？
この問いが昨晩から
ぼくをさいなんでいる。
誰もが自分の苦悩をもっている。
どんな苦悩とであれば
夜を過ごしてもよいか
知っている必要がある。

ぼくはふたたび通りを上がっていく。
細かい雨の中を。
胸は一杯だ。
頭は焼けつくようだ。
しかし
こんなに
生きていると
感じたのも
久しぶりだ。

ぼくは窓を開ける。
テーブルの上には
果物のかご。
眠っているあいだに
誰かが来たらしい。
封筒には
先日とられた
お金と
詫び状が
入っていた。

ぼくにこれを返すために
誰かがここまで追跡してきたのだ。
これもまたレグバにちがいない、
ぼくの庇護を司る神だ。
そうでなければ、ぼくはこの町で

他に誰も知らない。

土曜の朝
ぼくは本屋に到着する。
友だちがみんな勢揃いだ。
ボルヘス*。
ブコウスキーに谷崎。
セゼール*にボールドウィン*。
ミラー*にゴンブロヴィッチ*
ルーマン*にアレクシ*
デュシャルム*にアカン*
ウルフ*にユルスナール*
サリンジャー*にブルガーコフ*
彼らはこうして手と手を取り合っている。

ぼくはいつもと同じ
隅っこに陣取って読む。

*ボルヘス　一八九九—一九八六、アルゼンチンの作家
*セゼール　一九一三—二〇〇八、マルティニックの作家・政治家
*ボールドウィン　一九二四—一九八七、米国の作家・公民権運動家
*ミラー　一八九一—一九八〇、米国の作家
*ゴンブロヴィッチ　一九〇四—一九六九、

ここにいれば、金を払えといわれることはない。
ボルヘスや
ほかのことについて
話したくなれば、
いつでも話し相手を
見つけることができる。

ぼくは今朝、知った。
本屋の「ケベック＝アメリカ」が
なくなっていることを。
図書館の火災を
知らされた
アレキサンドリアの学識者も
同じようなショックを受けたにちがいない。

ぼくは本屋の上の
急な階段を昇る。

ポーランドの作家
＊ルーマン　一九〇七―一九四四、ハイチの作家、政治家
＊アレクシ　一九二二―一九六一、ハイチの作家
＊デュシャルム　一九四一―、ケベックの作家
＊アカン　一九二九―一九七七、ケベックの作家
＊ウルフ　一八八二―一九四一、イギリスの女性作家
＊ユルスナール　一九〇三―一九八七、フランスの女性作家
＊サリンジャー　一九一九―二〇一〇、米国の作家
＊ブルガーコフ　一八九一―一九四〇、ウクライナの作家

それはガールフレンドの部屋に通じている。
僕たちはガーリック・スパゲティーを
食べ、おしゃべりして
夕べを過ごす。
ガーリック・スパゲティーの
レシピをすぐに教えてあげよう。
ガールフレンドの手を取り、
階段のてっぺんに
すわらせ、そこに
腹を空かせた
若い詩人を少量加えなさい。

『クリシーの静かな日々』*、最近本屋で買った本だ。タイトルが気に入った。舞台がパリなのも。家に辿りつくまでに、この薄い本の半分は読んでしまっていた。ミラーのクリシーでの日々はじつはそんなに穏やかではなかったということが、ほどなく分かった。それは予期すべきことだった。ミラーはよくお人好しのふりをするけれど、それにしても、こんなに軽はずみに商品の予告をするとした

＊ヘンリー・ミラーの自伝的小説

ら、それは単純すぎるというものだろう。

ぼくは食料品店に借りがある。
隣人に借りがある。
ほとんど二カ月分部屋代を払っていない。
クリーニング店の太ったおかみさんにも
何かしら借りがあり、
今月もまた
借りなければならないだろう。

クリーニング店の太ったおかみさんは
とても白い肌をしている。
乳房はたっぷりとして
ブラジャーから
だいぶはみ出ている。
腿の上部は
身体のほかの部分より

さらに白く
腰には
とても小さなワイン色の染みがある。
今日の昼、それをぼくに見せてくれた。

薄暗がりの中の
白いシーツで
整えられたベッド
なんというすがすがしさだろう！

クリーニング店の太ったおかみさんは
ぼくに身体をこすりつけてくる。
やわらかくて、クリーミーで、
すべすべした彼女の肌。
まるで石けんのようだ。

開いている窓から

暑さが部屋の中に
流れ込んでくる。
彼女の舌はまだ冷たい。

蠅が一匹
のろのろと飛んで
流し台に落ちる
暑さにうんざりしている。
ぼくたちは急いでシャワーを浴びて
それからベッドで裸のまま
凍らせたブドウを
食べる
たえずキスを交わしながら、
けれどもこの猛暑のせいで
この清らかなキスより
先には進めない。

ぼくは雨乞いのためにテーブルの周りで先住民のちょっとした踊りを踊る。こつ。こつこつ。こつこつこつ。こつこつこつこつこつこつこつこつこつこつこつこつこつこつ……。強い雨が降ってきて、クリーニング店の太ったおかみさんをふたたびその気にさせる。雨が止むとすぐに彼女は帰っていった。彼女が階段で歌っているのが聞こえる。それから彼女が通りで踊っているのをぼくは窓から見る。いつか、マギル大学*の若い研究者は、都会における性的関係に雨がどのような影響を与えるか真剣に考察する必要があるだろう。

*モンレアルにある英系名門大学

ぼくが帽子をかぶると、
毎回決まって成功する。
女の子たちがぼくの腕の中に
飛び込んでくるのだ。
——それなら、どうしていつも
帽子をかぶっていないんだい？
——いつでも容易(たやす)かったら
面白くないし、
なにより、帽子のおかげで

成功したくはないからさ。

八〇番のバスに乗り、公園大通り（アヴニュ・デュ・パルク）にあるアフリカン・ディスコ「サヘル」の前で降りる。そこでは、フランス語圏文学に夢中な二人の女子大生がエジプトタバコを吸いながらセゼール*とサンゴールを比較している。ぼくらはいっときおしゃべりした。カトリーヌは、ぼくがシルヴィーの昔の恋人と似ている、という。とっさにシルヴィーの顔が曇った。傷が完全には癒えていないので、ぼくらは彼女たちが最近してきたアフリカ旅行に話題を変えた。彼女たちはダカール*での研修から戻ったばかりで、シルヴィーはそこで、アフリカ現代文学におけるサンゴールの遺産に関する博士論文のため、多くの人たちに会うことができたのだ。カトリーヌはセネガル人のミュージシャンにぞっこん惚れているようで、彼から片時も目を離さない。ぼくはたまたまこのモンゴーというやつを知っているが、残忍なやつだ。

ぼくはカウンターにモヒート*を取りにいく。

超セクシーなこの女のバーテンダーはとても美味しいのをつくってくれる。

カトリーヌが見ていいなければいいのだが、

*一九〇六―二〇〇一、セネガルの初代大統領、詩人

*セネガルの首都

*ラム酒をベースにライムやミントなどを加えたキューバのカクテル

このバーテンダーの左の乳房にはタトゥーがある。
モンゴー、と書かれている。
彼女たちはみな
どこかに彼の名のタトゥーを入れているのだ。

戻る途中で、カトリーヌとすれ違う。
彼女は目に一杯涙を浮かべて
トイレのほうに駆けていく。
——あいつは卑劣漢だわ、
とシルヴィーが口笛を吹いてやじりながらぼくにいう。
——ぼくはいつだって君の友だちを熱愛できるぜ、
とぼくはいう。
——ええ、でもあの娘（こ）はあんたのことなんか好きじゃないもの。
——なんで彼女はあんなやっとつきあいつづけるんだい？
——愛してるからよ。
——ぼくは愛の別の定義がほしいな。
彼女はびっくりしたような眼差しを

ゆっくりとぼくに投げかけてから
中で吐いている友だちを
慰めにいく。

トイレの中で読んだこと。
「一つの地区に十人
以上の黒人がいると、
それはもうゲットーと呼ばれる。
白人が一万人
以上いると、それはもう
都市と呼ばれる。」

サンゴールを暗記している、エジプトタバコのチェーンスモーカーであるシルヴィーは、狭いダンスフロアのそばのぼくのテーブルまで来て、去年アムステルダムで会ったわよね、といった。そこでぼくらは泥酔し、ぼくが犬の真似をするまで、犬がキャンキャン鳴き続けた、と。彼女は犬の頭を思い出してまだ笑っていた。アムステルダムに行ったことはない、と伝えるために彼女が口を閉じるタイミングを見はからっていたちょうどそのとき、彼女は二年前にカイロで一晩中踊り明かした相手に気がついた。それは彼女がマフフーズ*の作品に占めるカフェ(飲み物であると同時に場所としての)の位置に関する修士論文を書き終えようとしていたときのことだった。ぼくがお気に入りのマフフーズについて自分の感想を述べているあいだに、彼女はもう、そいつの首にぶら下がっていた。

*一九一一—二〇〇六、エジプトのノーベル賞作家

カトリーヌがぼくのテーブルのすぐ近くで
モンゴーと踊っていた。
ぼくの考えでは、シルヴィーと彼女は
トイレで何か吸ったにちがいない。
モンゴーはいい売人だ。
彼の名前がカトリーヌのうなじに
タトゥーされているのが見える。

モンゴーの
この自信はどこから来るのだろう?
他人をこれほどさげすむ

氷さながらのプリンセスたちを
自分の神殿の
たんなる巫女にしてしまうとは。
昼間の失業者は
夜の
神なのだ。

二時間前から同じビールを飲みながら部屋の奥でショーを眺めていると、ついには、ディスコを独裁政治に喩えて政治アナリストになる。ＤＪは思いのままにステージを空にしたり一杯にしたりすることができる。みんなは彼の望むリズムで踊る。大部分の者は高い飲食代を払わなければならないが、ある小さなグループは女の子たちを笑わせてただ飲みを楽しんでいる様子だ。とはいえ、誰もぼくたちを引き留めてはいない。出口に誘導するために部屋の明かりを消す必要すらある。

ぼくは階段で例の二人の女の子たちとすれちがった。
カトリーヌはまだ涙ぐんでいる。

モンゴーは結局、女のバーテンダーを選んだのだ、
さもなければ新しい女の子を。
彼は夜に狩りをするネコ科の動物だ。
昼間は寝ている。

――君は来るのが遅かったな、ヴュー、
と〈アフリカ人〉が階段でいう、
ほんの五年前なら
テーブルから動かなくても
一晩に三人女の子を
集められたからな。

管理人がバルコニーにすわっている。ぼくは彼女に二カ月分の部屋代を払っていない。彼女は一晩中そこにいそうだ。彼女を避ける方法はない。ぼくは中庭を抜け、非常階段をよじ登り、窓を開けてアパルトマンに入る。するとそこにサプライズが待っていた。テーブルに、一人分のナイフとフォークが美味しい食事とともに用意されていたのだ。デザートには小さなケーキ。上には「お誕生日おめで

とう」と書かれていた。

ぼくは今日で二十三歳だ。
人生にたいして何も要求しない、
ただ、すべきことをしてくれさえすれば。
ぼくがポルトープランスを離れたのは
友人の一人が海岸で
頭を砕かれて発見され、
もう一人は地下の独房に
閉じ込められているからだ。
ぼくたちは三人とも同じ年に生まれた。一九五三年。
総括すると、死者一名、牢獄一名
そして三人目は逃亡だ。

少し前からぼくは
バスタブに入っていた。
そのときジュリーが

顔を赤らめながら部屋に入ってきた。
彼女は階を
間違えたのだ。
今度ばかりは
ついているぞ。

ぼくは知りたくない
時刻も、
日も、
月も、
年さえも。
二十世紀の
終わり頃だと
知っていれば十分だ、
と思う。

今朝ぼくは

機嫌が悪かった。
すべてがぼくに逆らっているようだった。
にもかかわらず、
すばらしい一日だった。

大気のこの揺らめきが
ぼくに幸福感をもたらし
まるでジャズを吸い込んでいるような
気持ちにしてくれた。

通りの向こう側の人びとは
夏には窓を開けっぱなしにする
習慣を身につけた。
ぼくは階段に腰を下ろし、
彼らが仕事に精を出すのを眺めて
夕べを過ごす。彼らはまるで
水槽の中を動いているみたいだ。

彼らの足は見えないので、
足ひれがあるのだ、と想像することもできる。
口は開けるけれど
声は聞こえてこない。

テレビをつけると、たまたまドキュメンタリーをやっている。ニューヨークのマフィアの一分派であるモンレアルのマフィアのゴッドファーザー、ニック・リズートに金で雇われた殺し屋の話だ。彼は十人ほどの人間を殺したのだが、そのほとんどは自分たち自身も殺し屋だった。親分に不利な証言をすることに同意したので減刑され、刑が明けたら新しい身分を与えてやるとも約束してもらった。彼自身、まだどこの国で、どんな名前で残りの日々を過ごすのか知らない。これはぼくの状況とあまり変わらない。ぼくは誰も殺してはいないけれど。

小雨だ。
ほかの物音を
かき消す
やさしい歌。

ぼくは花咲く
バルコニーに面した
ドアを開けて
夜の
すがすがしい息づかいに
耳を傾ける。

暗がりの中で、ミラーの本を手探りする。暑さでうんざりした蠅のようにバタリと倒れるまえに読んでいた本だ。今ぼくは頭のそばの小さなライトをつけて、ミラーの指先からいつも決まって立ち現れそうな、じつに刺激的な雰囲気の中にふたたび身を置く。彼はまたもや自分の話をする。ほぼ、ということだが。つまり、いつも同じ料理だが、スパイスが違うのだ。『クリシーの静かな日々』で、彼はパリ・デビューを感慨深く思い出している。ヘミングウェイ*も『移動祝祭日』で、息切れしながらも同じことを試みて成功していた。けれども、ぼくが日の昇るのを見たいのはミラーとだ。オレンジの皮をむきながら、ミラーがクリシーをぶらつくのを眺める。ぼくはオレンジと、開いた窓から流れ込んでくる熱い空気とともに一日を始めるのが好きだ。

*一八九九―一九六一、米国の作家

夜、寂しくて、
朝、輝いている。
ぼくはこんなふうだ。
たまに。

空気を吸いに外に出る。
黄色の短い
ドレスを着た
女の子が通り過ぎる。
ぼくは彼女を公園までつけていく。

公園のベンチに
すわってぼくは
噴水の
向こう側を散歩する
女の子たちを見ている。

真ん中の娘は
息を飲むほど
美しく見える。
どうして
突然
これほどの優美さが
一人の人間に集中するのだろう？
自然の間違いなのだろうか？
自然は気前よく優美さを
与えてくれるのと同じくらい
醜さにも情け容赦ない
ように思われる。

こちらの女の子たちは
自分の魅力に気づいていないような
印象を与える。
それもまた彼女たちの

魅力の一部なのだが。

五感のうち、
これまでぼくは
聴覚、
視覚、
嗅覚を使ってきた。
味覚と
触覚が
残っている。

ぼくはすぐそこまでホットドッグとフライドポテトを買いに走り、公園に戻ってきて女の子たちを観察しながら食べる。彼女たちはみんなピンクのブラウスを着ていて、それが朝をさらに陽気にしてくれている。しばらくすると、彼女たちは散り散りになって、差し向かいで話をしに行く。それからまたグループが作られ、もう一度ばらばらになる。ぼくが彼女たちのバレエに慣れてきたころ、突然、彼女たちは超高感度の耳が合図を感知したかのようにじっと動かなくなる。そして完全に無秩序な状態で、自分たちが勉強している観光学院のほうに駆けていく。

もう、公園には
誰もいない
あの上品なご婦人を除いて。
髪をシニョンにまとめ、黒いスカート、
白いサテンのブラウス、
それに真珠のネックレス。
彼女はぼくのほうをちらっと見てから
最後に、はにかんだ
笑みを投げかける。
その笑みはぼくが
今まで考えたこともないような
場所に訴えかける。

彼女が
七十歳近いはず

にもかかわらず、だ。
ぼくのセックスは
陽気に
十六歳までさかのぼるだろう。

ぼくはいまや
弾を込めたピストルをもって
群衆の中を歩き回る
盲人のように感じる。
こんなことをいうのはたんに
隣りのやつが
チェスター・ハイムズ*の小説
『ピストルをもった盲人』*
を読んでいるからにすぎないが。
ぼくはすべてのものをキャッチするけれど、
いつも頭の中で
ものごとが

＊一九〇九—一九八四、米国の作家
＊邦題は『暑い日暑い夜』

整理できるわけではない。

図書館に入る。
薄暗い大きな部屋に
丸い背中の数々。
それに緑色のライト。何より
この静寂。もう
息苦しくなりはじめている。

ジュリーが
服を着たまま
手に
リラの花束をもって
バスタブの中でぼくを待っていた。
まるでルノワール*
の絵のようだった。
ぼくたちは映画を見はじめたが

*一八四一―一九一九、フランス印象派の画家

少し見たら
彼女は眠ってしまった。
リナ・ウェルトミューラー*の長編映画で
一人のアナーキストと数人の
生き生きとした娼婦がいる
売春宿で起こる話だ。映画の中では
みんなよく飲み、よく食べる。
ぼくは水を一杯
取りにいって、戻ってくると
彼女が寝ているところを
抱きたくなった。

彼女は目を見開いて、
唇をきつく閉じたまま
すらりとした両手で虚空に
文字を書く。
なぜオルガスムの瞬間に

*一九二六―、イタリア出身の映画監督

ほとんど苦しそうといってもいい
笑みをもらすのだろう？

この部屋の中に
裸のカップルがいる
太古の昔から
多くのカップルがそうしてきたように。
後生だから、重大に
考えるのはよそうよ。

ぼくたちはもう動かない。
うっすら汗ばんでいる。
ぼくの顔は彼女の髪の毛の中だ。
ほどなく眠気がおそってくる。
ぼくは彼女のとても軽やかな息づかいを
首のところに感じている。
これはすべて

眠りと眠りのあいだの
甘いささやきにすぎなかったのかもしれない。

これが初めてだ。
自分のベッドで
女と一緒に寝るのは。
隣りの部屋に
母はいない。
いや、むしろ、
隣りの部屋に
母がいない状態で
寝るのは
これが初めてだ。

今朝
彼女は
自分のドレスを乾かすために

バルコニーにかけた。
ぼくの旗だ。

ぼくは
恋に落ちる。
水平方向の眩暈（めまい）。

ジュリーは
大急ぎで服を着た。
目覚ましが
鳴らなかったのだ。
髪の毛をとかしていない
若い娘ほど
心を動かされる
ものはない。

雨がぼくの部屋に

入ってくる。
ぼくは窓を閉めて
暗がりの中で
ぱちぱちという音に
耳を傾ける。

ぼくはバルコニーから
雨に降られた
女の子を見る。
彼女のぬれたドレスは
身体の
かたちと
ぴったり一つになっている。

ぼくはこれを
映画では百回も見た。
しかし現実から

来た映像は
網膜により鮮やかに
焼きつけられる。

十九世紀末の
ロシアの偉大な小説を読むことは
部屋代を払ったばかりの
失業者の
特権だ。
今朝
ぼくは『戦争と平和』を読み始めた。

ぼくは自分が住んでいる建物の
外階段に
太陽を浴びながら
腰掛けている。
大きなサラダボールと

赤ワイン
一杯とともに。

人びとが鋭い視線で
ぼくを見る。
それがぼくの幸福のせいなのか
今日は火曜で
普通の人は
この時間は
働いているはずだという
事実によるものか
ぼくには分からない。

ぼくはこの群衆の
まん中に隠れるところだ。
ぼくが姿を現したときには
誰もぼくがやってくるのを見た

とはいえないだろう。

ぼくは服を脱いだ。
完全に。
それから小さな本棚から
ボルヘスの本（『エル・アレフ』）を
取り出し
浴室に
閉じこもった。

誰かがアパルトマンに
入ってきた。
歩くのが聞こえる。
彼は冷蔵庫を開けて
ビールを一本取り出し、
一瞬すわって
それを飲み、静かに

ドアを閉めて
出て行く。あれは誰だったのだろう？

ぼくには分からない、
若い花屋が
なぜ閉店まで
ぼくにそばに
いてほしがっていたのか。
ぼくは一度も花を
買ったことがないし
公園で
すれちがっても
ほとんど
あいさつも交わさないのに。

彼女は
花が臭いと

思っていて、
バラが
一番人気
があるのは
意外だという。

サンドニ通り*を下りながら、ナタリーが語る。彼女は日本で暮らしたことがあり、短期間ではあったが、すっかり魅了されてしまった、と。いちばん感動したのは庭、とくに枯山水の庭だったそうだ。で、何がそんなに特別なんだい？　植物がまったく生えていないのよ。日本人はたいていとても狭い場所（東京の話）の中を移動するのだけど、非常に規律正しくて厳密なので、いつだってぴったりにできているように見えるの。歩いているあいだずっと、彼女はこの滞在について事細かに話してくれる。日本が彼女に取り憑いているといってもいい。カフェでちょっとおしゃべりするよりもう少し長くつきあうことになるなら、このことは覚えておかなくては。

ナタリーがぼくの首にぶらさがる。

*モンレアルの学生街（カルチエ・ラタン）にある通り

階段を一段
踏み外したのだ。
彼女は針のように細いかかとの
緑色の靴を履いている。
新しい肉体ほど
刺激的なものはない。
彼女の手は湿っていて
香水は夏にしては
きつすぎる。

ぼくたちは階段をのぼりつづける。
管理人がぼくに合図する
ジュリーが上で待っている、と。
口の中が苦くなる。
ぼくは自分が何をしたのかも
何をいったのかも分からないが、
階段の十六段目に来ると

ナタリーはもう
ぼくの横にはいなかった。

たしかに、ジュリーはぼくを待っていた
ワインを一瓶と
チーズとともに
ぼくのきたないベッドに横たわって
ときどき小さな鋭い叫びをあげながら。

ぼくたちはこうして抱擁しながら
長いあいだ
暗がりの中に
とどまっていた。
彼女の熱い息が
ぼくの首にかかる。
音楽といえば
通りの喧騒だけ。

そしてぼくは
頭の中で踊っていた。

夜中に目が覚めたら
ちょうど映画をやっていた。
いつも最初を見逃す映画だ。
ぼくの足はジュリーの
やわらかい腰にまといついている。
ぼくは映像が流れるのを見る。
たがいにどう結びついているのか
理解しようともせずに。
ぼくの感覚は満足し、
脳の中の小さな青い光が
一つずつ消えてゆき
精神の完全な
休息が訪れる。

ぼくは今月、部屋代を
遅れて払った、十五日ごろに。
ということは、来月が
二週間後に来る
ということだ。支払い期日は
ぼくに息をつく暇をあたえず
あっという間にやってきて
日常を
台なしにしつづけている。

この気がかりによってぼくの夜までが
むしばまれている。
目を閉じるやいなや
数字が見え、
まるで黒いクモのように
部屋の壁を
すべっていく。

ぼくはこの数字つきの悪夢で
はっと目覚め、
できるだけ早く
仕事を探そうと
心に誓う。さもなければ
仰向けに寝て
何も考えずにいるしかない。

ぼくは移民・労働力省の
空調つきの机の
向こう側にすわっている男を
ちらっと見る。
ネクタイにアタッシェケース。
靴にはワックスがかけられ、指には
いくつもの指輪。オーデコロンも
忘れてはいない。

毛皮専門猟師の息子だというのに。

彼はぼくの赤い書類を取り出し、
長いこと吟味してから
ぼくのほうに頭をおこす。
口元には笑みを
浮かべているが、通常
これは何らよい兆しではない。
この数カ月のあいだに
ぼくの人生に起きた
特記すべきことはすべて
ここに記録されている。

記入用紙の
「希望する給料」の
欄にぼくは
時給十八ドルと書いた。

労働力省のカウンセラーが
それを消して
代わりに
三ドル十、と書いた、
最低賃金だ。
彼はぼくのほうに
目も上げなかった。

ぼくは午前零時から八時まで働き、仕事を終えるとたいてい太陽が昇ってきている。眠れないので、朝食をたっぷりつくり、テレビを見ながら食べる。うなじのあたりに眠気を感じはじめる。電話が鳴る。出てみると、何かのアンケート調査だ。ふたたび寝る。誰かがドアをノックする。友人の一人が来て、コーヒーを飲み、夫婦間の問題についていてしゃべってから、ようやく帰る。ぼくはテレビの音を上げて、頭を空っぽにしてくれるゲームを見る。米を（クレオル風ソースの鶏肉と一緒に）炊き始める。あとで忌まわしい請求書に抗議の電話をかけながら食べるだろう。ふたたび眠気を催してきたので、テレビの音を消して、暗い穴の中に沈み込む。

目覚ましが鳴り、
飛び起きる。
仕事に行くためには
バスに乗らなければならない。
それで地下鉄の駅まで行き、
イエロー線の終点で降りる。
それからもう二つバスを乗り継ぐ。
二つ目のバスは仕事場から
二十分（徒歩で）のところに停まる。
だから仕事場に着いたときには
へとへとだ。

昨日、ぼくはチームメイトに、
十分だけ仮眠するので
そのあいだ工場長を見張っててくれ
と頼んだ。ところが

五時間眠りこけてしまった。わずかに
目を閉じただけのような気がしたのに。

ぼくの前にこの機械で働いていた
若者は前腕を粉砕された。
欠陥のある機械の交換は
高くつくといわねばならないので、
その代わりに
経営者側はこの持ち場を
移民労働者に与えることにした。
みんなはぼくに何か起こるように
ありとあらゆる算段をする。
一週間に
二度事故が起これば
さすがに工場長も
新しい機械を
買わざるをえないだろう。

ぼくらは
アルバータ州から
動物の皮を受け取る。
まだ血まみれで、
カーペットを
つくるために
後方に
送る前に
処理をほどこさなければならない。

ぼくが皮をフックからはずし
機械にかけると
残っている肉が削り落とされる。
すぐ後でそれを
特別な溶液に浸し
次のフックにかける。

このすべてを二十秒以内にやらなければならない。
ぼくたちの集中力を保たせるために、
ときおり速さが変えられる。
腕を失う危険があるのは、そのときだ。

残りは〈インディアン〉の仕事だ
この皮を
四つ折りにして
二週間のあいだ
保管しておかなければならない。

小さな白い虫がその上を
無数にうごめいているとき
皮をもう一度広げるのも〈インディアン〉の仕事だ。
彼の平均は
一日百五十枚だ。
彼の前には誰も

百枚に達したことはなかった。

彼はじつに恐ろしいやつだ。
すでに工場の半分を
病院に送りこんだ。
なのに、なぜ彼は
犬がご主人に話しかけるような
やり方でぼくに話しかけるのだろう？
きっとぼくには
自分の知らない力が備わっているのだろう。

工場長はぼくをトイレの
真正面に就かせた。
ぼくは誰が日に
二度以上
小便をしに行ったか
彼に知らせるのだから

自分の仕事の割り当て量を
こなす必要はない。

——君は来るのが遅かったな、ヴュー、
と〈アフリカ人〉がぼくにいう。
ほんの五年前なら
仕事を辞めても
一時間後には
別のが見つかっていたのに。

ナタリーをクール・サンバに
踊りに連れていく。
公園大通り（アヴニュ・デュ・パルク）にある
アフリカ風のバーだ。
ザイールの音楽。
彼女はドアのところにいた若者の
首に飛びついた。

ぼくは彼女を見失った。

いちばん暗い
隅っこでビールを
ちびちびやるしかない。
ザイール人の背中に
ナイフを突き刺してやるのを
夢想しながらだ。あ、彼女が
ＤＪの耳に何か
ささやいている。そのすぐ後に
ボブ・マーリー*の
「ノー・ウーマン・ノー・クライ」が聞こえてくる。

今、ナタリーが
のっぽのセネガル人と一緒に
トイレに入っていくのを見たところだ。
彼とはよくカフェ・キャンパスですれ違うが

＊一九四五—一九八一、ジャマイカのレゲエミュージシャン

いつも女子学生と一緒だ。
それも毎回ちがう娘で
つる性の
植物みたいに
彼に巻きついている。

今、あんなに狭い場所で
何が起こっているか
あえて想像はしない。
今すぐ帰れば
メトロの終電に
間に合うかもしれない。

緑の木に面した
窓の前に立っていると
葉叢の陰に隠れた
鳥のくちばしが見える。

その目はぼくのことを
長いこと見ている。何が見えているのだろう？
かすかな鳴き声が聞こえてくる。
ぼくが頭を上げるとちょうど
鳥は茂った葉叢を
通り抜けて
夏の空に飛んでいった。

ドアに寄りかかり、
身体を丸めて、
感覚を研ぎ澄ませて、
精神を鋭敏にする。
どんなに
親しくても
ぼくは警戒
態勢のままだ。

テーブルにすわり、
瞼を閉じる。
自分を
ポルトープランスに投影する。
一度に
二つの場所に
いることができない
フラストレーションが
次第に大きくなる。

ぼくは今
オレンジの皮をむいていて
その強い香りに
くらくらし、 酔い痴れてもいる。
国や民族に関する
何らかの考えより
このオレンジのほうに感じやすくなっている。

ジュリーがオペラから戻ってきて、
どんな様子だったか報告する。
ぼくにはちんぷんかんぷんの
世界が目の前で
興奮ぎみに語られる。
ぼくは本を一冊取り上げ、
そっちに関心をもっているふりをする。
貧しいインテリの
身分を取り戻すために。

ベッドから、彼女が
テーブルで手紙を書いているのが見える。
チベットの仏教コミュニティーで
暮らしているいちばん親しい女友だちへだ。
彼女のうなじはたしかに
世界の中心だ。

二時間前に
職場に到着して
にこにこしながら
機械を拭いて
時間を過ごす
これらの人たちは
いったい何を考えているのだろう？

人はいろいろいうけれど
トイレの中で
ボルヘスを読むのは簡単だ。
ぼくが『伝奇集』を読んでいると
工場長が会計係と一緒に
やってきた。
ぼくは息をひそめた。
彼らは秘書の

大きなお尻の話をしながら
平然と小便をした。

埃をかぶった
電球に照らされた
広い仕事部屋に入り、
無言の人びとが
機械の上に
身をかがめているのを見るたびに
ぼくはこんな印象を受ける。
ものごとは何も変わっておらず、
権力を
もっているすべての人びとにとって
人間はあいかわらず
自由に
こき使える存在なのだと。

これらの大都市は
年を経るにつれて
クルージング船と化した。
暇な金持ち連中はデッキで
長椅子に寝そべって
カモメが滑翔するのを見たり、
船倉で起きていることなど
たいして気にもとめずに
バーで飲んだりして
時間を過ごしている。
船倉で煤にまみれた人たちは
もはや旅が終わるまで
空を見ることも
かなわないというのに。

町のはずれにある
この工場では、

採用は
口コミで行われ、
できれば
サン・パピエ*がよい。
ここには法が入り込む余地はない。
昼の光も
またしかり。

昨晩、
またぼくはトイレで
自分の前に
新聞を大きく広げて
眠っているところを
見られてしまった。
会計係はただ
こういっただけだ。
明日から

*滞在許可証を所持していない人

ぼくは昼間の勤務になる、と。

貧民街の
ハイチ人、イタリア人、ヴェトナム人が
町の東側に
向かう車両の中で
缶詰のイワシのようにすし詰め状態だ。
あらゆる色が混ざっている。

この時間に
地下鉄に
乗る
人たちはみな
工場から
戻るところだ。

大都市の中の

人びとの通行は
警察によって入念に
チェックされている。
警官たちは一目で
保護しなければならない人たちと
社会の平穏を
保つために
たえず職務質問しなければならない
人たちを見分ける。

誰もが無数の細かいことを考えている。
買うべきもの。
支払うべき請求書。
向こうにいる家族に送るべき
銀行為替。
鎮めるべき痛み。
抑えるべき欲求不満。

忘れるべき屈辱。
それらを聞くことができたとしたら
おそろしい喧騒だろう。
警察は公道における
騒乱として介入
せざるをえないにちがいない。

ぼくの前に
すわっているあいつは誰だろう
胸で顎を
ささえ、
両手は
太股の上にきちんと置かれて
目をなかば閉じているやつは？
それは地下鉄の
ガラス戸に
映ったぼくの姿だ。

ドアを開ける。
小さなハツカネズミが
流し台の裏に走り去る。
ぼくは数秒間
じっとして
部屋を斜めに
横切る
この閃光を眺める。

ぼくは軽い夕食を
準備し、
すべての明かりを
消してから
風呂に入る。
暗闇の中で
考えごとをしたい。

仰向けに寝て
天井を眺めている。
すると、精神が肉体に思い出させる。
公園で
ナタリーと約束をしていたことを。

老人が階段でぼくをつかまえて、アルバムを見せるためにぼくを部屋に入れる。ぼくは彼の肩越しにポラロイド写真のちょっとしたコレクションを見る。テーブルにはドライフラワーの花束、ネコがドアのそばで水を飲んでいる。椅子が部屋の真ん中にあり、小さな棚には薬がきちんと並べられている。それはさながら墓の入り口まで老人のお伴をしてくれる儀仗隊のようだ。

老人はぼくの首もとで荒い息をしている。
彼が他人に並々ならぬ情熱をもっていることが感じられる。
他人の肉体に。ぼくの匂いが彼を酔わせる。
自分以外の誰かと

これほど近づいたのは
久しぶりにちがいない。
「それはよくない」と、折れ曲がった指で
急いでページをめくりながら彼がいう。
彼は鏡に映った自分を撮影したかったのだ。
頭の部分にはフラッシュの
光。彼のもっとも正確な肖像写真だ。

公園で
おしゃべりしていたやつらが
きらきらしたナタリーが
来るのを見ると
人垣をつくった。
彼女は黒の短い
ドレスを着ている。

ぼくは二つの都市、二つの生の中を

歩いているような気がする。
前者では、
殺されるのを避けるために
懸命にあがいている。
そして後者では、
火の娘の傍らを散歩している。

ナタリーは道ですれ違う
一人ひとりの男にたいしてまるで
まだ個人的な恨みを晴らしていないかのように
好戦的な振る舞いをするが、
ベッドではとてもはにかみ屋であることがわかった。
それは彼女が道で
力をすべて使い果たしてしまうからだ。

新品のジャガーに
乗った五十がらみの

禿(はげ)の男は
ナタリーが
通りを渡るために
速度を落とす。
彼女は彼の生活空間を
無視して渡る。
男はもはや息ができなくなって
駐車する。そこにぼくが到着する。
ナタリーは車が
遠のいていく音が
聞こえるまで
ぼくにキスしつづける。

道で工場の相棒とすれ違うのは妙な気持ちのものだ。ぼくたちは、少しなつかしそうに昨日の朝のことに触れる。ほんとうは早く逃げ出したいのだが。彼はとうとうガールフレンドのジェニーをぼくに紹介する。青白くて痩せぎすの女の子だ。子どもの手をにぎったかと思ったが、彼女の目の奥にはカミソリのように鋭い知性が感じとれた。ぼくはこういう娘を知っている。人前では一言も発しないくせに、一対一になるとはっきりした意見をもっている。彼らはこれから仲間に合流するところだとぼくにいい、よければ一緒に来ないか、と誘った。ぼくはナタリーを紹介しようとするが、彼女は三歩退いていた。これは、タバコの灰で覆われた床にばったり倒れて即死するまで飲むこと以外に楽しみのない、爪の黒いやつらとネジやボルトについて議論して夜を過ごしたくはない、ということをぼくに伝える方法の一つだ。ジェニーの視線をちらっと見れば、彼女のほうもナタリーとは茶碗一杯の酸素でさえ一緒に飲みたくないと思っているのが分かった。言葉ですべてを解決することに慣れている男たちには理解できない無言の戦争だ。ぼくたちはふたたび握手すると（労働者の文化では、人間の誠実さの度合いを測れるのは手によってだ）、それぞれがふたたび自分の行き先に向かう。

ドアを開けるときには
いつもこの躊躇の
瞬間がある。
ジェームズ・ボンド*の
映画の中でのように

*イギリスの作家イアン・フレミングのスパイ小説およびこれを原作とする映画の主人公

ぼくたちを待っている
裸体の娘を
見つけるのだろうか？
しかしそんなことは
プールやカジノつきの
高級ホテルでしか起こらない。
ぼくはここで居心地がいい。

ナタリーはワイングラスを二つもって窓際のぼくのところにやって来て、首に何度かキスをする。しかしぼくは急がない。行為を遅らせたほうが喜びが増すことを理解しはじめたところだ。理論と実践のあいだには違いがあることは知っている。この種の行動では、冷静さを保てるというのは常に悪い前兆だ。さしあたって、今晩ナタリーははしゃいでいる様子だ。

——大佐はまだいるな。
——どの大佐？　と彼女は突然興味をもってぼくに訊ねる。
——あの家の三つ目の窓をよくごらんよ。
——ＯＫ。ああ、あの人ね……。でもなぜ、大佐だって分かるの？

——いつもあの持ち場を守っている。

——何をしているのかしら？

——見ているんだ。

——誰か待っているのかしら？

——いいや、いつもこうなんだ。彼が窓のところに見えなくなったら、それは……。

——縁起の悪い人ね。大佐はまだかくしゃくとしているわよ。

——ほらね。君はもう彼のことを大佐と呼んでる。

——ほかの名前は分からないもの。

ぼくはワインを飲み終えてベッドに戻る。

ナタリーは瓶をもってぼくのところに来る。無料の日没、赤ワイン、テレビでイタリア映画をやっていたら、完璧な夜だ。

誰かがドアをノックする。ぼくは腰にタオルを巻く。

——何してるんだい？　と〈インディアン〉がぼくに訊ねる。

——女の子と一緒にベッドにいるんだ。

——そんなの、窓から放り投げちゃいなよ。

——代わりになりたいのか？

——ＯＫ。またあとで来る。

ぼくはナタリーのところに戻る。彼女はこの話をとてもおかしがっている。

——あの人、誰？

——〈インディアン〉さ。

——どうして入れてあげなかったの？

——何をするためにかい？

——わたし、インディアンとセックスしたことないわ。

——サンドイッチになろう、っていうのかよ？　白人女がニグロとインディアンのあいだに挟まれて？

——わたしのワイングラス、とってくれるかしら、と彼女は左目に野性的な光をたたえながらいった。

ナタリーは真夜中に目が覚め、ぼくにふたたび日本の話をする。一度京都の劇場で会った人たちの家で夕食をとったことがあったが、窓から外を眺めると、皿の上の料理は庭とそっくりのミニチュアであることを知った。あまりの洗練のされ方に彼女はあっけにとられてしまった。ぼくにしてみれば、彼女のこのような感

受性にこそ不安になるのだが。というのも、彼女がぼくを愛撫しているとき何を
見ているのか分からないから。

ぼくは自分がかつての喫煙者の手の中にある
一本のタバコのような気がする。
彼女は激しく欲しているが
最後のところで自制してしまうのだ。
この欲求不満が
ぼくに思いがけない喜びを与えてくれる。

ナタリーはまだ眠っている。
ぼくは毎週土曜の朝
市営プールで
泳ぐ女の引き締まった
身体を眺める。
彼女は眠ったまま
口をもぐもぐさせて何かいう。

テーブルの下のハツカネズミが
もう少しでぼくにウインクするところだ。
この弱い雨が
他のすべての音を
かき消す。

ぼくたちは午前中ベッドで
ミラーの短い物語の
最後のページを読んで過ごした。
そして午後はバルコニーで
歩き方からだけで
通行人の性格を
いい当てて。
六時ごろ突然
彼女はカフェ・キャンパスで
今日が誕生日の女友だちと
会うことになっていたのを

思い出した。

ぼくは東に進路をとる。
この方向に
できるだけ遠くまで
歩こうと思って。
帰りは
地下鉄に乗ろう。

フェリーニ*の映画を上映している
映画館の横の
小さなイタリアン・カフェの
テラス席にすわる。
テーブルからは『甘い生活』*の
鮮やかなポスターが目に入る。
するとスパゲティー・ミートソースが
食べたくなる。ウェイトレスが

＊一九二〇―一九九三、イタリアの映画監督

＊一九六〇年公開

アンナ・マニャーニ*に
似ているので、なおさらだ。

こんな時間に地下鉄に
乗ったことはまだなかった。
この線も初めてだ。
車内はいつもより清潔だ。
母の香水の香りがする。
ニナ・リッチだ。
これらの人たちはコンサートか
劇場に行くのだ。

地下鉄は
芸術広場（プラス・デ・ザール）駅で停まる。
ぼくは香水をつけた
この群衆と一緒に降りる。
たんに

*一九〇八―一九七三、イタリアの女優、『フェリーニのローマ』他に出演

まだこの人たちと
一緒だ
という気持ちを味わうためにすぎない。

新世界（ヌーヴォー・モンド）劇場では
ベケット*を上演している。ぼくは
長いあいだポスターの前に
突っ立っている。ぼくが突然彼の
沈黙と孤独の
世界に身を置くことになったとしても、
ぼくは生来、無口でもないし
絶望もしないと分かっている。
ベケットの登場人物とは違う。
ぼくのたった一つの問題は
『しあわせな日々』*の
作者について
楽しい会話のできる

*一九〇六―一九八九、アイルランド出身フランスの劇作家

*ベケットの戯曲、一九六三年刊

相手が見つからないことだ。

郵便受けに
電気料金の請求書でも
デパートのカタログでも
鶏肉が五〇〇グラムで二九セントだと
知らせる広告でもない
何かが入っているのを
見つける。いいや、
それはただの手紙で、つまり
誰かがぼくにわざわざ手紙を書いた
ということだ。

ジュリーは彼女なりのやり方でいう。
ぼくのことを愛している、と。
自然が炎の色を帯びはじめたことや
モンロワイヤルの丘のリスたちのこと

そして間もなく訪れる
秋のことを
長々と
話しながら。

小さなハツカネズミがぼくのベッドに
近づいた。ぼくは床に
片手をたらしたままにしておく。
ネズミはぼくの指
とりわけ親指にうっとりしている様子で
尖った小さな歯で
かじりはじめる。

小さな物音。
小さなハツカネズミは身動きしなくなる。
また音がすると
逃げ出す。

ネズミは穴に帰る
直前に
振り返って
ぼくを見つめる。
その生き生きとした目は
耐えがたいまでの
優しさをたたえている。

〈インディアン〉が家に来て、
ぼくらはお互いがもっている
固定観念について
議論した。
彼にとってはアルコール、
ぼくにとってはセックスだ。

ぼくらは経理課の
厚化粧の娘（こ）たちの

話をした。彼女たちは
相手がもっていないことを
承知の証明書類を
要求するだけで
人を逆上させることができる。
しかしそれは〈インディアン〉には関係ない。
彼女たちはみな彼に夢中か、
さもなければ
彼を恐れているからだ。
〈インディアン〉が飲んでいるあいだ
ぼくはずっと話すのをやめなかった。

工場の誰かが
ぼくにいった。
〈インディアン〉が
原因不明の
怒りで

「あらゆるものを壊しはじめるのを
君が望まないのなら」
彼の前で森の話は
絶対にしないように、と。

〈インディアン〉が帰ってから
ぼくは夜の残りを
向かい側の歩道を
ぶらつく
人たちを観察して
過ごした。
ぼくの部屋の窓の下を
通る人びとを
よく見るには
危険なほど
身を乗り出さなければならないだろう。
こうして虚空をからかうには

自分は気が滅入りすぎていると感じる。

行列をつくって、自分の名前が書かれたカードを小さな黒いボックスの中に滑り込ませ、到着時間を電子的に記入する。この機械は理由については記録してくれない。しかし毎朝少なくとも一人はまだそれを理解していない者がいる。するとその者は、地下鉄オレンジ線が止まったために遅刻したことを機械が考慮してくれるよう要求する。労働者が一人、電車の下に身を投げたのだ。月曜日は労働者階級にとってはよい日ではない。

アマチュアの社会学者なら
ぼくたちを三つのグループに
分けることができるだろう。
不満そうに鼻を鳴らしながら
ここに到着する者。
機械が動き出すやいなや
口笛を吹く者。

うわの空で、
いつ何時
事故に遭うか
分からない者。
ぼくはこの最後のカテゴリーに
属している。

ガスペジー人たちはつねに退屈きわまる話をしている。一方、トロワ・リヴィエール人たちはくすぐられた娘のような笑い方をする。リムスキーの人たちは非合法に買ったタバコを必要としない。二人のシクティミ人は一緒に食事をするが、それは台所仕事を交替で行う二人の姉妹と結婚したためだ。サグネー人たちはサグネー河のことをまるで世界にはたった一本しか河がないかのように話す。このほとんど家庭的な小さな企業の人員を補うものとして残るは〈インディアン〉とぼくだけだ。

工場に中等教育を
終えていない

青年がいる。
彼はいつも
カント*の
『純粋理性批判』を読んでいる。
気晴らしだ、と彼はいう。

工場長が彼のオフィスに
ぼくを呼び出し、
ニグロの
性的耐久力について
会計係と
冗談をいった。

秘書の女性は
メモをとろうと
つとめながら
うつむいていた。

＊一七二四―一八〇四、ドイツの哲学者

見えたのは彼女の赤いうなじだけだ。

工場長はメルセデスで出かける。
会計係はトヨタで。
秘書はタクシーで。
そしてぼくは、地下鉄に乗る。
ぼくは他の人たちほど空気を汚していない。
秘書は分不相応な
生活をしている。

ぼくは安心して
帰宅するところだった
ところが、階段のところで
ジュリーとナタリーが
会話の真っ最中なのに
気づいた。
嵐が止むまで

〈インディアン〉のところで
待つほうがよさそうだ。

〈インディアン〉のいつも同じ献立。
トナカイ肉の燻製を食べながらウォッカを飲む。
――君はいつ国に
帰るんだい？　と彼は
出し抜けにぼくに訊ねる。
――分からないよ。
ぼくたちは一瞬たがいを見つめる。
――そうだな、君は仲間を地獄に残したまま
ここで結構な生活を
送ってるんだからな。
ぼくたちは笑い転げた。

ジュリーとぼくはベッドの上でテレビを見ていた。それはビーヴァーの貞節に関するドキュメンタリーだった（さっそく断っておくが、これを選んだのはぼくで

はない）。この問題の研究に人生を捧げた動物学者が語っているところによれば、その貞節は相当なもので、もし雄に生殖能力がなければ、伴侶は出産しないことを選ぶほどだそうだ。ぼくはすぐ、この話がジュリーの中で何かを呼び起こしそうだなと悟った。

——ゆっくりでいいわ、とジュリーがぼくにいう。急いではいないから。なぜあなたはすべての女性を愛するの？　説明してちょうだい。

ぼくは彼女の手が開いたり閉じたりしているのを見る。

——さあ、話して、と彼女は父親のことを話すときのような頑固な様子でぼくにいう。

ぼくは窓の外に視線をやり、夕暮れどきのバラ色の空を散策する雲の家族を眺めることに没頭する。ジュリーは黙って服を着た。彼女が出ていくのが聞こえる。ぼくは彼女を引き留めるために何もしなかった。こんなときはいつも、身体がこわばってしまうのだ。彼女はドアを静かに閉めた。このような自己抑制には少なくとも五世代の訓練を要する。

天気がこんなに陰気だと

ぼくはひどく

不機嫌だ。
小さなハツカネズミだって知っている。
どんな口実があろうと
ぼくに話しかけては
ならないことを。

どんよりした空。黒い雲。
斜めに降る雨がぼくの
左の頬を打つ。
ぼくは人びとと視線を
交わすのを避けながら
町を横切る。
今朝ぼくは
誰にも何も借りたくない。
微笑すら。

公園のベンチにすわっている高齢の浮浪者がこっちに来るようにと合図をする。

——悪くとらないでくれ、お若い方、これは忠告だから。

——ありがとうございます。

——お礼はいわないでいただきたい。まだ君は私がこれから何をいうか知らないのだから。

——ぼくが人からものをもらうことはまれですから。

彼はぼくの肩を叩きながら微笑する。

——ここに留まっていてはいけない……。君にとってよくない。

——ことは、どこのことですか？

——ここだよ、と彼は指で地面を指しながらいう。

——なぜですか？

——人間に敵意をもった風景のせいだよ、と彼はぼくが特定できない耳障りなアクセントでいう。

——でもあなたはここで生活していますよね？

彼はゆっくりうなずく。

——わたしは離れるのが間に合わなかったのだ……。今となっては、遅すぎる。

——ぼくの出身地は独裁政治なんです、お分かりでしょう……。

彼はインスピレーションを探すかのように空を見上げる。

――分かっとる。しかしいつかは変わるだろう……。自然はもっと頑固だ……。

――ええ、でも自然はじわじわと殺すのにたいして、銃弾一つうなじに当たれば……。

――他に解決方法があるにちがいない、と彼はしゃがれた声でつけ加える。

ぼくは吹き出す。

――その第三の解決とやらを、みんなあらゆる方面で探しているじゃないですか。

――私のいうことがお分かりだろうか、と彼は重々しくいう。

彼は少し前からこの言葉を反芻しているようだ。

――あなたは温かい気候で独裁政治のない場所のことを話しているのですか？　もしそんなものが実現するなら、飢えた人たちには門戸を閉ざさなければならないでしょう。

――その反対にちがいない……。あんた方はここに不足している生きる意欲をもっている。

――その意欲とやらに値がつかないかぎり、それはずっと貧乏人のものですよ。

彼はこちらを向き、ぼくをじっと見据える。

なぜ仕事に行かなければならないのか

理解するためにほんのしばらく
時間を取ってみよう。
ぼくは今、時間を無駄にしたところだ。
なぜなら、その答がどうであろうと、
三十分以内に
仕事に行かなければならないからだ。

ぼくは部屋の
中央にすわっている。
身体は、放心状態で。
精神は、虚ろだ。
それから、
危険をかぎつけた
動物のように、
突然立ち上がって
急いで浴室に行く。

時間は
虎より
情け容赦ない。
内側からぼくらを
ずたずたにする。

ぼくは朝早く、
階段を一目散に駆け下りる。
町の反対側の端にある
工場に行くためだ。
そして今度は夜遅く
重い足取りで
同じ階段を昇る。

そのあいだ、
何事も
起こらなかった。

エネルギーと
時間を
失った以外は。

ぼくはまだ新しい隣人に
会っていない。
彼女のピンクの自転車が
壁に立てかけられている。
前方にかごのついた
古いプジョーだ。
彼女はかごの中に
花模様の帽子を残している。

きっと彼女は
河向こうの
女の子の一人で、
そのみずみずしさは

公園のハトより
無感動になった
高齢の都会人たちをも
微笑ませるだろう。

ナタリーはテーブルの上に
ロルカ*の本があるのを見つけ、
いつも花のことばかり語って
ペットのことはけっして語らない
詩人たちは大嫌いだと
わめきはじめた。

今朝
仕事に行かなかった
ひどいインフルエンザに罹(かか)ったため。
秘書にはこう
電話でいった。

＊一八九八—一九三六、スペインの詩人

ほんとうの理由は
〈インディアン〉と
夜まで飲み、
ナタリーと
夜を徹してセックスしたからだ。

ナタリーは
わめいたり、叫んだり、泣いたり、
うめき声をあげたり、息を整えるあいだ
ちょっと待って、
とぼくに懇願したりして
夜を過ごしたが、
今朝、この同じナタリーは
一輪の薔薇の花のように
生き生きと目覚めた。
ぼくのほうは枕から
頭を持ち上げることさえ

できないというのに。

子どもの頃、
ぼくはよく熱を出した。
この状態が大好きだった。
喉が渇き、
身体が火照り、
頭が重く、
血液はいつもより
速く循環する。
そして無性に
おねしょがしたくなるのだ。

ナタリーはぼくに
熱いスープを飲ませ、
ぬらしたタオルで
そっと身体を拭いてくれ、

ドアの外に
出るとき、ぼくに
神秘的なほほ笑みを
投げかけてくれた。

『クレーヴの奥方』*を
読んで
ヴァロワ宮廷を
一周するには
申し分ない日だ。

階段で
上階に住んでいる老人とすれ違った。
彼は郵便物を
取りに降りていくのに
つま先から頭のてっぺんまで
帽子と杖で正装していた。

*ラファイエット夫人による十七世紀フランスにおける恋愛心理小説の傑作。ヴァロワ宮廷が舞台

看病するためにナタリーが戻ってきたのだと思った。熱はご婦人方にはたいそう受けがよいと知っていたので、すぐさまシーツの中にすべり込み、それらしいうめき声を上げた。しかし、これはむしろジュリーの香水だ。彼女は靴まで青ずくめだ。博士論文の指導教授との面談から戻ったところなのだ。スープのお椀が二つあるのをちらっと見る。喧嘩する代わりに、彼女はぼくの体温を測り、それからインドの王侯（マハラジャ）のようにぼくを枕で取り囲むだけで満足した。

ジュリーがバルコニーで
オレンジの皮をむきながら
歌っているあいだ
ぼくは目を閉じる。
まだ不思議だ、
なぜ彼女はテーブルの上の
二つのお椀が意味するところを
理解しようとしなかったのだろう。
嫉妬心は

望むときに
事実を無視したり
現れたりするからだろうか？

あるとき誰かがぼくにいったことがある。
この種の過ちには
時効というものがなく、
今日もめ事が
回避されたとしても
一か月後、あるいは一年後に
爆発するかもしれない、と。

ジュリーはぼくをモンロワイヤルの丘に連れていき、
黄色く色づいた葉を集め、
げんなりしたリスたちに
食べ物を与えた。
明日は十二時間

働かなくてはならないなあ
と考えながら、ぼくはこれらのことをした。
オンタリオ州から
大量の注文が入り
金曜日までに届けなければならないからだ。

ぼくの人生の陽当たりのよい部分は
一人の花屋と
文学部の女子学生とのあいだで繰り広げられる。
もう一方の、より暗い部分は、
土曜の夜ホッケーの試合のあと
きまって殴り合いをする
やつらとだ。ビール瓶が
頭にあたって、次の月曜日に
戻ってこないやつが
つねに一人いる。それにもう一人、
歯ブラシを置き忘れたまま

ぼくのもとを去る女の子も。
この話はまだ終わっていない、
というサインなのだろうか。

人びとは出ていったり
戻ってきたりする。
理由はあったり、なかったり。
そしていつも
同じ場所に
ぼくを見つける。

ぼくは二重生活をしている
それは結局
エネルギー的にも
金銭的にも
高くつきすぎる。
そこから出るための

たった一つの方法は
三つ目の生活を
足すことだ。

ジュリーは心のため。
ナタリーは、セックスのため。
早急に誰か
お金のための人が必要だ。

ぼくは知らない人の家の
車寄せで雨が止むのを
待っている。
ときどき背後で
カーテンが動く気配がする。
大きな愛想のよい顔が
ぼくに入るように合図する。
近所のクリーニング店で

たまに彼女のことを
見かける。

ぼくが浴室から出てくると
クリーニング店の太ったおかみさんが
ベッドに寝そべっている。
彼女は微笑みながら天井を
見ている。このフレッシュで清潔な
肉の山は
性的快楽を感じると
ハツカネズミのような小さな叫びをあげる。

セックスをするとぼくはひどくお腹が空く。しかしクリーニング店の太ったおかみさんはそうではない。彼女はぼくが食べているのをにこにこしながら見ている。ニューヨークの弁護士に忠告されて以来、ぼくが自分のあばら屋以外でセックスするのはかなりまれだ。弁護士は、白人女性の家で裸で彼女と一緒にいては絶対にいけない、強姦と押し込み強盗で告発され、最低でも懲役二五年になるおそれがあるから、と教えてくれた。で、もしそれが自分の家で起きたら？　気の毒だが、——と弁護士は優しく微笑しながらいう——白人女性が君の家に何をしに来るんだい？

ジュリーは今晩、八時頃
ぼくと会う約束をした。
二人の関係について話し合うためだ。
彼女に触れるのは論外。
そんなことをしたら、彼女は
ぼくが彼女の
身体に関心がありすぎて
心には十分関心がないと非難するだろう。

しかし彼女の
身体は
ぼくの正気を
失わせる。

ぼくはジュリーと
セックスすることをとくに
考えているわけではない。
しかし彼女がぼくを
拒む態度が
ぼくをいかれさせてしまうのだ。

小さなハツカネズミが
たった今
鼻先を
見せる。
ぼくは
チーズの小片を
いくつか切ってやる。
ネズミはそれを
テーブルの上でちびちび齧る。

ジュリーは回り道をしなかった。

――あたしのこと愛してる？

――うん、とぼくは答える。

――なぜ？

――理由はいろいろあるけど……。

――一つで十分よ、と彼女はそっけなくいう。

――第一に、君がぼくのことを愛してるから……。

――あたしがあなたのことを愛してるから、あなたはあたしのことを愛するの？

――やさしいし……。

――あたしがやさしいから愛してるの？

――こういう尋問には、ぼく、慣れてないなあ。

――あなたがあたしのことをほんとうはどう思ってるか、知りたいのよ。

――ぼくが君のことをどう思っているか、だって？

――ええ。（きっぱりとした口調。）

――今？

――いつもよ。

——今は、君とセックスしたい。
——そんなこと話してるんじゃないわ。
——じゃあ、何の話をしてるんだい？
——愛について話しているのよ。
——君と愛し合いたいなあ。
——で、それはどういう意味なの？
——それは、そういう意味だよ。

彼女は何もいわずに出て行った。
一晩中、ぼくは
夜が明けるのを待った。
彼女がいなくなって
これほど
寂しいとは思っていなかった。
彼女が愛について語るとき
何をいいたいのかぼくには分からない。

誓ってもいいが、ぼくは二日前からずっと
愛について考えている。
混乱の極みに達している。
今ぼくが欲しいのはジュリーだけど、
考えているのはナタリーのことだ。

〈インディアン〉がぼくの部屋に来たが
一晩中
口を開かなかった。
――もうずいぶん長いこと
一発もやってないな、
と帰りがけにいった。

〈インディアン〉はぼくを
うす暗い路地に駐めてあった
彼の古いシボレー*のほうに連れていき、
前座席の下から

*米国、ゼネラルモーターズ製の車

長いナイフを取り出すと、
男たちをぞっとさせ
女たちを快楽の予感で震えさせる
残虐な笑みをたたえながら
それをぼくにくれた。

ぼくは今しがた
このご婦人が失くした
イヤリングを
返すために
その腕に軽く触れた。
彼女はぼくを見て
びくっとした。
彼女はいったいぼくのうちに
ぼくの知らないどんな怪物を認めたのだろう？

工場でこの話をすると、

ぼくの仲間は笑って、
ちょっと誇張じゃないか、という。
一九七六年には
そんなこともう存在しないよ。
人間の行動の年代を特定する
何と不思議な方法だろう。
それに、なぜ一九七六年であるということが
外国人にたいする恐怖という
人間の反応のうちもっとも
古くからあるものの一つを
時代遅れだと断定できるのか、
ぼくにはまだ分からない。

技術の進歩はあったし、
たとえわずかであろうとも
政治的な進歩もあったことは
認めざるをえない。

しかし、感情面では
あまり変化はなかった。

なぜ人びとはいつも
人種差別にたいして同じ反応を示すのだろう？
性差別にたいしても同様だ。
まず否定する。
次に、偏執狂
扱いする。
最後に、同情する。

ぼくがこの昔からある規則を知ったのは
十月も終わりかけてからだった。
劣った人間だと見られたくなければ
けっして人種差別に不満を述べてはいけない。

人びとは信じている。

犠牲者は
その運命を受け入れるべきだし
苦しみ
（他人の）
は生に固有のものである、と。
あらゆる宗教が
売っているのは
この麻薬だ。

工場長の秘書は
いつもより
短い黄色のワンピースを着ている。
彼女の腿はとても太いが
引き締まっている。
薄紫色の
きれいな靴の中の
足がとても小さいことに

気がついた。

ぼくはいつも惹かれる。
自分たちに性的魅力が
あるとは思わず、
井戸の底まで
探しに行かなければ
見つからないような女性たちに。
それこそが
彼女たちに惹かれる所以(ゆえん)だ。

ときどき、ぼくは
仕事から帰って
わざわざ
夕食を取らないことさえある。
テレビをつけて
三十秒後には

眠りに落ちている。

ぼくは隣りに住む女性と
〈インディアン〉のあいだを
取りもとうとした。
彼女はちょっと微笑んで
男には
興味がないことを
ぼくに悟らせた。

――君は来るのが遅かったな、ヴュー、
と〈アフリカ人〉がぼくにいう、
だって、ほんの五年前なら
道端で首相に
出会えたし
向かいのビストロで
コーヒーに誘うこともできたんだぜ。

木の葉が
空中に舞う。
昼が短くなる。
人びとの面持ちが浮かなくなる。
十一月はぼくらの
最後の幻想を運び去る。

一年のうちで
十一月はジューリーが
いちばん好きな月だ。
――わたしは悲しいのが好き、
と彼女は小声でいう。

ぼくが好きなのは四月だ。
黄色。
星空。

ターコイズブルーの海。
花ざかりのハイビスカス。
それに悲しげな若い娘たちも。

ジュリーは台所の
汚い床の上で
裸足で踊る。
ぼくはワイングラスを
もってすわっている。
窓枠の中に
赤い太陽。
粋な悲しさだ。

彼女は椅子に倒れ込む。
それからイヤリングを
はずして
乾いた音とともに

テーブルの上に置きながら、
赤ワインを一杯注いでちょうだい、
とぼくに合図し、
舌をその中に
浸しながら飲む。

ぼくは彼女のほっそりした足首を見る。
この娘は砂漠を
走るようにできているな
と思いながら。
頭を上げると
彼女が羚羊のような目で
こちらを斜めにじっと見ている。

彼女は獲物を狙う
ぼくの目に出くわした。
すべてがすくむ。

最初に動いたものが
致命的な行為を
誘発するだろう。

彼女の身体が震えた。
ぼくは飛びかかった。
彼女は逃げた。
ぼくはドアのところで彼女をつかまえた。
ぼくは彼女のうなじをたわめ、
ワンピースを持ち上げ、
背後からとらえた。
叫び声を上げているにもかかわらず。

背中をつたう汗。
開いた口。
手当たりしだいどこかに
しがみつこうとする手。

高鳴る心臓。
セックスと心がようやく絡み合う。

窓を開けると
雪が町全体を覆っていくのが見える。
ジュリーはまだ眠っている。
ぼくはシーツの下の彼女の裸体を見分ける。
上階からコーヒーの香りが漂ってくる。
彼女のそばにすべり込み、
かすかに汗ばんでいるそのうなじにキスする。
彼女は眠りの中で
ぼくに微笑みかける。

ぼくは窓辺に戻る。
二十三歳で
最初の吹雪。
海より

印象的だが
感動的ではない。

みんなが黒い
常夏の国から来た者にとって
みんなが白い
冬の国で目覚めるのは
いつも簡単というわけにはいかない。
ものが白黒でしか
見えない日々もある。

ジュリーが服を着るのをベッドから眺める。彼女はときどきぼくのほうに振り向いて、少しも官能的ではない共犯者のウインクをする。彼女は自分の身体を取り戻した。しなやかな筋肉。思うように動ける、よく油の差された機械装置。正確な動作。欲望の魔力には手が届かない。彼女は正真正銘の微笑で朝を始めるのだ。ぼくは彼女のブラジャーをはめてやるために座りなおす。彼女はとても小さなハンドバックから小ぶりの黒いワンピースを取り出し、軽快で優雅な動作で着てから、父親に会いにいく。父親は町の中心街にあるパブで朝食をとるために娘を待っているのだ。

女の子が
この部屋を出て行くたびに、
ぼくに宿っているエネルギーが
すべて一緒にもち去られて
しまうような気がする。
ぼくは天井を見ながら
寝転がっている。
充電池のように
充電が完了するのを待ちながら。

どこかに、寒さ、
たとえ寒さには耐えられても、
我慢できないのは
葉を落とした木々だ。

死がぼくたちにたいして
自分の存在を主張するために
取る姿のように
思えてならない。

近所のアルジェリア人の店で食事をとるところだ。鶏肉とメルゲーズと子羊肉が入ったクスクス・ロワイヤル*。野菜がトマトソースの中に浸っている。ぼくは窓際の席にすわる。レストランはほとんど空だ。ご主人がやってきて、ぼくと一緒にお茶を飲む。ぼくたちはハイチやアルジェリアの話をする。亡命や郷愁についても。郷愁はどちらかというと彼の十八番(おはこ)だ。この瞬間から彼はかの地での暮らしや出発、帰国の企てなどについて、詳細を一方的にしゃべりまくる。台所で何か問題が起き、彼が呼ばれる。立つとき、彼はウェイトレスがぼくの肘のそばに置いていった伝票を取っていった。

上階の老人が
窓際にすわっている。
杖を両足のあいだに置き、

*蒸した粗粒の小麦に肉や野菜の煮込みをかけた北アフリカの料理

途方に暮れた様子で。

ナタリーが叫び声を上げる。
ぼくの背中に
ハツカネズミがいるのを見たのだ。
ぼくは落ち着きを取り戻して
彼女に説明する。
昼寝をしていると
小さなハツカネズミは
ぼくのからだの上を散歩する習慣があるのだ、と。

ぼくはこうして午後を過ごした。
ナタリーを安心させ、
ウォッカを飲み、
ハツカネズミに――もちろん
ナタリーが帰ってからだが――
君は自分の家にいるんだから

何もそんなにこわがる
必要はないんだよ
といい聞かせながら。

管理人がぼくを大晦日の深夜の会食に招待してくれる。彼女の妹がひどい熱を出して長椅子に横たわっている。十人分くらいの食べ物があるが、お客はぼくだけだ。ちょうどいい。ぼくは腹ぺこだ。彼女たちは何が何でも会話をしたがるタイプではない。管理人は微笑みながらぼくが食べているのを見ている。彼女はこの美味しい食事のレシピをアンティル諸島*の古い料理本の中から見つけたのだ。

ぼくは今になって
ようやく気がついた。
ぼくと知り合いになるまで
ハイチについて何一つ知らなかった
この七十八歳の女性が
今ではデュヴァリエ*が誰で
ポルトープランスの市場では

＊西インド諸島の主島群、ハイチもその一つ

＊ハイチの大統領として、一九五七年から八六年まで親子二代にわたって独裁政権を維持した

五〇〇グラムの米が
いくらなのか知っていることに。

冬のはじめは
夜になるのが早い。
ぼくは太陽を見ずに
仕事から戻る。
そして明日も太陽を
見ることはないだろう。
ぼくが穴ぐらにいるあいだ
ずっと気取って輝いているのに。
穴ぐらというのは
ぼくの同僚たち——中には
しばしば監獄で
過ごしたことのあるやつもいる——
が機械室のことを呼ぶ
呼び名だ。

高齢の女性が
通りの角でバスを待っている。
ときおり彼女はぼくに
鋭い視線を投げかける。
ぼくが彼女に近づくと、
小声でクレオル語の
歌を歌っているのが聞こえる。

冬の夜が
長いとき、
ぼくがつらいことを
語る相手はハツカネズミだ。
ネズミもまた自分自身の
悩みをもっている。

二月のはじめに

母に手紙を書く
六百万の人と一緒に
冷蔵庫の中で
暮らしていることを
知らせるために。
冷凍庫の中の
人もいる。

ぼくは〈インディアン〉に説明した。一四九二年にコロンブスが到着したとき、ハイチには百万人以上のインディアンがいたのだ、と。彼らは辛い仕事やひどい扱いに耐えられず、大量に死んだので、白人たちはインディアンの代わりに仕事をさせるためにアフリカにニグロを探しに行ったのだ。

——で、ねえ君、今ではこの部屋で一緒にビールを飲んでるってわけか。

これは、ぼくたちが知り合って以来、彼がしたもっとも長いコメントだ。

ぼくはアパルトマンに入り、
ドアを閉め、

椅子を引き寄せて
すわる。ドアに額をつけて。
それ以上の孤独はない。

会計係によれば
ニグロ女のような尻をしている、
という工場長の秘書が
ぼくの背後に
そっと近づき、首に息を
吹きかける。

ぼくはバスの中にすわっている、そして
突然、わけもなく、自分が
白人だったら人生は
ちがっていただろうか、
と自問してみる。少しもそんなことはない、
自分の周りにいるこれら

すべての疲れ果てた顔を見るかぎり。

ラム酒のハーフボトルが
ベッドの足もとに。テレビでは
刑事コロンボ。コンロには
スパゲティー。あとでテレビを見ながら
ベッドで食べるだろう。そして
ジュリーが間もなく
来るはずだ。
労働者階級だって
毎日地獄なわけではない。

腹這いになって少しお尻を持ち上げてみて、とぼくが頼んだら、ジュリーは泣きはじめた。こんなことを強要するのはわたしのことを愛していないからだわ、と彼女はいう。淫靡な昼寝になるはずだったものに、性的なタブーについての果てしない会話が続いた。タブーは一つしか知らない、とぼくはいう。君がそれを嫌いかどうか、だ。彼女にとって、ある種のことは汚らわしいのだ。でも、君がそれを好きだとしても、汚らわしいのかい？　こんな具合に三時間。とはいえ、彼女は洗礼さえ受けていない。彼女は六〇年代の終わりにある村で幼年時代を過ごした。カトリック教は簡単には獲物を離さない。今度はカトリック教がヴォドゥ教と対面していることになる。

ジュリーはカトリックではないし、
ぼくも自分がそれ以上にヴォドゥ教に染まっているとは思わない。
ただし、キリスト教が
せいぜいのところ
人をむっとさせるにすぎないところで、
ヴォドゥ教は、ぼくらの感性の
未開な部分に触れることによって、
抑制のきかないさまざまな反応を
引き起こすことになる。
この傾向はとくに
アフリカやカリブ海の
文学で博士論文を書くことを

選択する女子学生に顕著だ。

ドアのバタンという音が聞こえる。
ぼくは目を閉じる。
ジュリーを失うわけには
いかない。
彼女はこの長い
氷のトンネルの
先で揺れている
ぼくの炎だ。

ベッドから
廊下の真ん中に置かれた
緑色の
靴を
見る。
それはまるで

薄暗がりで
光っているようだ。

ぼくは冷気の中を
歩いた。
コートを
脱ぐくらい
暑くなるまで。

しかしさっき
ぼくは何にとらえられていたのだろう?
セックスについての議論の中で
ヴォドゥ教について話すなんて。
そうでなければまだ
ジュリーの熱い身体を
ぼくのそばで
感じていただろうに。

南国の男が
吹雪の中で
水嫌いの魚の
ドラマを経験する。

——君は来るのが遅かったな、ヴュー、
と〈アフリカ人〉がぼくにいう。
ほんの五年前だったら
ニグロを一度も見たことのない
小さな村が簡単に
見つかったし、
守護の魔術師と
みなされもしただろう。

夜、かすかにたわんだ
木々の枝の上で

輝く氷を
見ると、
もはや町ではなく
夢幻境だ。

池のカモを
見るには
公園を斜めに
横切らなければならない
純白の雪の上に
足跡を
残して。

ぼくは好きだ
歩道の
ハイヒールの音が。
冷気が

これほど乾いていて
薄い氷の層が
地面をおおっているときは。

マイナス三二度だ。ぼくはタクシーの運転手に住所を教える。
——何階ですか？　と彼が突然訊ねる。
——三階の十二号室です。
車は難なく外階段をよじ登り、ぼくを自分の部屋のドアの前に降ろしてくれる。
まるで少し長く外に居すぎたような奇妙な陶酔感。じっさい、自分がどうやって
ジュリーのいないこのベッドに入ったのか、よく分からない。

ウォッカの空き瓶が床にころがっているのは
ぼくがまだ生きているという事実と
何か関係があるにちがいない。
というのも、ヴォドゥ教の神々は
ぼくに付き添って
あえて夜の散歩をするには

冬を恐れすぎているから。

小さな自室で
真冬に
ぼくはカリブ海の
裸の島に思いを馳せる。
それからこの灼熱した小石を
ぼくの身体の
奥深くに
しまい込む。
ふたたび見つけることが
できなくなるほど
深くに。

工場長の秘書がぼくにそっと触れる。
——今晩、わたしにいいことしてくれるわよね。
ぼくは何も聞かなかったかのように

仕事を続ける。
彼女の濃厚でしつこい香水の香りが
その後一日中
ぼくをくらくらさせた。

バスの中でぼくは
エミール・ルメール*の詩のことを考える。
「食糧を運ぶカヌー*」
のようなお尻をした女の人のことが
語られている詩だ。

ぼくはもはや
食べることとセックスすることを区別しない。
この二つの活動は
同じ食欲を必要とし
似たような肉体的満足感をもたらしてくれる。
母たちはそのことを知っている。

*一九〇三―一九八八、ハイチの詩人
*『ハイチとフランス詩集』「私の心の聖者」の一詩節

だから愛情の力を
食べる能力に
喩えるのだろうか？

昨晩から
雪が降り止まない。
車は鈍い音の
中を走る。
ぼくは熱いお茶を
飲みながらボルヘスを
読んで午前中を過ごす。
工場は後回しだ。

工場長の秘書が
ぼくのうちに来て
豚肉のナス炒めを食べた。
それからぼくはラム酒の

瓶を出し、二人で四方山（よもやま）話をしながら
飲み終えた。
真面目な
ことをするために
寝室に赴いたのは
夜も
だいぶ更けてからだった。

彼女は
廊下で
ぼくのほうに
近づきながら
ゆっくりと服をぬぐ。
ぼくは彼女の
動く部分がすべて好きだ。
ピンクの舌、
豊満な乳房、

それにふっくらした体型も。

ぼくは鈍い
月明かりの下で
彼女のお尻の周りを
さまよいながら夜を過ごし、
最後に真っ逆さまに
もぐり込んだ。
月がけっして
照らし出さない
井戸の奥底まで。

快楽の絶頂で
気がつくと
クレオル語を話していた。
「やさしい、母さん、
蜜のように甘い首」。

彼女は熱い視線を
ぼくに投げかけてから
やさしくキスしてくれた。

朝、

——あんたがどうしていつも寒がっているのか分かったわ、と工場長の秘書はいいながら、ぼくの首に彼女の赤い素敵なマフラーを巻いてくれる。

——ありがとう。

——温かい服を着なきゃだめよ……。ハイチにいるんじゃないんだから。

——分かってる。

——ここにいるのは好きじゃないの？

——不潔な監獄で腐るよりは、ここで凍えているほうがましさ。

——あんたがこんなふうに正気なときが好きだわ、と彼女はぼくの首にキスしながらいう……。あんたは何か秘めているものがあるような気がする。

彼女が帰ってからぼくは寝直した。

ラジオがマイナス四〇度を告げたところだ。

氷の監獄にいる
気分だ。ぼくは
熱帯にもどることを夢見ながら、
シーツの中にもぐり込む。
進行役の女性は冗談まじりにいい放つ。
今朝はこんなに寒いのだから
残っている移民には
手当を出すべきですね、と。

町は動物たちに引き渡される。
ぼくは二匹のキツネ、
一匹のカワウソ、
三匹のアザラシ、
そして一匹のクロテンにまで出くわした。
サントカトリーヌ通りの
バークス宝石店の前でのことだ。

最大の謎は
人びとが
このような気候のもとで
一生過ごすことを
受け入れているという事実だ。
赤道は
遠くないというのに。

空は真っ青なのに
そこから脱走した鳥たちや
輝く太陽は、
あることを理解しているようだ。
あまりに単純なために
ぼくらが忘れてしまっていること、
つまり、北の寒さを避けるために
南に逃げる、ということだ。

氷に比べたら
火が人間を焼く程度など
たいしたものではない。
しかし、南から来た
者にとっては
飢えは寒さより
いっそう厳しく
さいなむものだ。

クリーニング店の太ったおかみさんが食糧を二袋もってやってきた。砂糖、塩、ジャガイモ、ステーキ、ヨーグルト、米、トマト、レタス、油、ニンジン、ブドウ、オレンジ。彼女はそれを全部冷蔵庫と台所の戸棚に片付ける。最後には汗をかいている。彼女はシャワーを浴びてから、ぼくがベッドにいるのを見つけに来るだろう。今月は餓死することはなさそうだ、と思いながら、ぼくは心静かに彼女とセックスする。

ベッドに横たわったまま、

ぼくはクリーニング店の
太ったおかみさんが微笑みながら
服を着るのを眺めている。
彼女の肉体は
心と同じくらい寛大だ。
ぼくの家のボテロ*だ。

クリーニング店の
太ったおかみさんが
階段を降りていく音に耳を傾ける。
彼女の重い足音が
ナタリーの
急ぎ足とすれ違う。

ナタリーは疾風のように部屋に入ってくる。
――まだ外を見ていないわよね。
――何か見るものがあるのかい？

＊一九三九―、コロンビアの画家・彫刻家、ふくよかな体形を描く

——すばらしいわよ。さあ、スキーを教えてあげる。

——ねえ、八代前から——これが遡れるもっとも遠い祖先なんだけど——ぼくの家系でスキーをした者は誰もいないんだぜ。

——何いってんのよ、あなた、バカ？

——ぼく、別の遊びを知ってるんだけどな、とぼくは重々しい口調でほのめかす。

——わたしは外に行きたいわ。

ぼくはベッドから動かない。

——後でスキーをしに行くって約束してくれるなら……。

——君が望むことならなんだって、でも早く服をぬいで、ぼくと一緒にシーツの中で遊ぼうよ。

——何の遊びをするの？

——背中が二つある動物の遊びって、知ってる？

——あとで外に行くって約束してくれるわね？

——君の望むことならなんだって、でも……。

彼女は手でぼくの口を押さえる。ぼくはお菓子屋さんで置いてきぼりになった子どものような気分だ。そのときぼくには分かった。独裁体制下では食物と自由が不足しているだけでなく、セックスもだ、ということが。

そして寒さが
この新世界への入り口だとしたら?
向こう側にぼくは
何を発見するのだろう?
そしてどのくらいのあいだ
つづくのだろう?　この氷の
通過儀礼は。

熱いお茶を
飲みながら読む。
「冬の夕べ」
という詩の中でネリガン*は
ロマンティックな熱情とともにこう書いている。
「ぼくの窓は霧氷の庭だ」。

ぼくは「朝日*」の狭い階段をよじ登る。

*一八七九―一九四一、ケベックの詩人

*本書九二頁参照

——これが金科玉条だ、とドゥドゥ・ボワセル*はいきなりいう。冬は女と別れるべからず。

——どうして？

——おれはまちがって、一月のはじめに女と別れたんだ。それ以来、キンタマがひどく寒い。

——それなら、別の女を見つければいいじゃないか、とぼくは無邪気にいう。

——なあ、おまえ、ここじゃ、十月の終わりからみんな収まるところに収まってるんだ。自分の順番をパスしたら、次の春まで待たなくちゃならない。

今朝ぼくは
のっぽのセネガル人とすれ違った。
四月の
冷たい風で
熱気球のように
ふくらんだ
花柄のブーブー*をまとっていた。

＊前出ジャズクラブのオーナー

＊アフリカで着用されている、ゆったりした丈の長いチュニック

通りで
すれ違う
これらの
つらそうな顔。
早春には
かすかな雪片も
拷問に
なるからだ。

ぼくはバスの中で
久しぶりに
マリアに出会った。
彼女は汚れたコートを着て
ぼくに再会して気詰まりな様子だった。
それでも彼女は
ぼくにとてもやさしかった。
雨の中で見つかった

ネコにたいしてするように。

昨晩、ジュリーは燃えたぎっていた。
きれいな女の子たちまで
これほどの性欲をもちはじめるとは
ぼくたちはなんたる世界に生きているのだろう。
彼女は微笑みながらいった。
こんなふうに振る舞うのは
たんに、男たちが
この種の女を好きだと
知っているからよ、と。

ぼくは三日前から
ハツカネズミのために
ベッドの下に
牛乳を入れた皿を置いているが、
ネズミはそれを無視している。

今晩、チーズを
試してみよう。

この本屋のウィンドーに、ブコウスキーの新作。入り口付近の、色とりどりのベストセラーが平積みされた台の上に何人かの客が集まっている。ブコウスキーの選集は、いつも同じロサンゼルスのみすぼらしい界隈、同じ胸がぶよぶよした娼婦たち、同じどんちゃん騒ぎ、同じ競馬、鈍色の顔をした同じギャンブラーたち、社会がさんざんゴミ箱に捨てた同じ狂人たちについて語っている。にもかかわらず、それはすさまじい成功で、ぼくはむさぼり、お代わりを注文する。メニューを変えようなどという気を起こさないでほしい。ぼくはブックがいいのだ。

工場の
若者たちの
半数は
猛暑のために
上半身裸だった。
そのときこの女の子が

到着した。
まるで放火犯の
手の中の
マッチのように。

彼女は
ひょろっとして
金髪で
とても
小さな
赤い
口を
している。
工場長の娘だ。

彼女がたっぷり三十分間
野獣の檻の中を

自由に散策したころ、
〈インディアン〉が
（彼が戻っていることをぼくは知らなかった）
彼女の前に現れた。
この獲物が自分から逃げられないことを知っている
ハンターの笑みをたたえて。
ぼくの隣りで働いている男が
独り言のようにつぶやいた。
「あきらめるしかないな。」

ぼくたちは仕事に戻った。
一時間後にはすべてが
元通りになっていた。
機械がうなっていた。
若者たちは汗だくだった。
外では春が
ようやくやってきた。ぼくは

薄着になるのを
急ぎすぎないように、と忠告される。
戦いは終わっていないのだ。

仕事のあと、〈インディアン〉が
オシュラガ通り*の
自分の部屋で一杯やらないかと
ぼくを誘う。
ビールのはいった箱が
テーブルの下にあり、夜の宴は
長引きそうだ。
〈インディアン〉はビールを次々と飲み干す。
ぼくはなんとか持ちこたえようとする。
一、二時間もすれば
蓄えが
底をつくのは明らかだ。

*モンレアルの北東に延びる労働者街の通り。オシュラガは先住民イロコイの言葉で「ビーヴァーの湖」の意

背後に
誰かいるような気がして
さっと振り向くと
工場長の娘が
ぼくの後ろに立っている。

彼女は、いっとき、
〈インディアン〉の上にすわった。
彼女の短いスカートは
痩せた腿の
付け根までずり上がっていた。
彼女はぼくには
一瞥もくれない。
〈インディアン〉が小便をしに行くと
彼女もついていった。
トイレで大騒ぎ。
ぼくはゆっくり

三、四瓶飲み干してから
帰った。

ぼくの以前の生活に比べると
ここではすべてが速い。
死ぬことを除けば。
死に関しては、かの地では
誰よりも
先んじている。

公園でまたヴィッキーに
出会った。レストランでの
ちょっとした厄介ごとを思い出した。
ぼくは見抜いていたけれど、彼女のやり方は、
勘定を払う段になると
トイレに逃げ込むことだった。
ぼくのやり方はといえば、

ほんとうに帰ってしまうことだった。
それまで誰も彼女にこの手を使ったことがなかったのだ。
ぼくたちは戦争があまりに長かったので
同じ思い出を共有するようになった
古参兵たちのように笑った。

ぼくはヴィッキーとの休戦を利用してここの女の子たちに関する情報を得た。ときどき何が起きているのか分からないことがあるからだ。かの地では、女の子は意識を失うまで喜ばせなければならない。それこそがぼくたちの健全な性的関係についての考え方だ。ところが、ここでは反対のように見える。支配するのは、相手を欲求不満にしたまま、最初に快楽を得る者だ。それがヴィッキーによる要約だ。ハイチでは、最初の戦争は民衆と独裁者のあいだで起こる（次に、食べ物を見つけなければならない）。ここには独裁者はいないので、頭の中を占領しているのは男女のあいだの唯一の戦争だけだ。ヴィッキーは注意深くぼくの話を聞いているが、ちょっとしたでたらめは聞き流している。彼女は男にぜったい降伏してはいけないと知っている。金という説得のための武器をもっていない者は言葉という武器を持っているものだ。彼女自身の武器は相手に後ろめたさを感じさせることだ。効力は実証済みのテクニックだが、独裁政治に亡命をつけ加えたばかりの男にたいしては通用しない。黒人だという事実を考慮しなくても、一度に二つのドラマを経験したことにより、彼は人心操作に免疫ができ、彼自身が人心操作の達人になっている。

自分が孤独だと思うのは
たしかに現実的根拠のない感覚だ。
もう昼間すれ違う
可能性はなくても、
ぼくらの記憶の中で
あいかわらず動き回り
夢に現れる
人びとの長い列を
自分の背後に
引きずっているのだから。

自尊心があるためにぼくがヴィッキーと議論しなかった点がもう一つある。女の子たちも欲望をもつことができる、という点に慣れることができないのだ。とくにそれをストレートに表すということに。この新しいジャングルでは、不変なものは何もない。獲物がハンターと立場を逆転させることもある。それもまったく合意なしに。自然を題材にしたテレビのドキュメンタリーでしばしば見たことがあるが、こんなふうにむさぼり食われるのを、みんなはどう感じているのだろう？　虎が羚羊(れいよう)を襲うとき何が起きるか？　このような瞬間は、どんなモラルでも理解できないし、判断することもできない。

仕事帰りに
オシュラガ通りに立ち寄ってみると
〈インディアン〉がベッドの上に倒れ込んでいた。
部屋のいたるところに
ビールの空き瓶。
ぼくはテレビを消してから、瓶を拾った。
台所の隅に転がり込んだために
大虐殺を逃れた一本だ。
それからそれを一気に飲み干した。

一晩中
走ったために憔悴している
虎に向かって
ドアを閉める前に
最後の一瞥。
階段を降りるとき
ぼくは羚羊（れいよう）とすれ違う。
彼女は熱いコーヒーと
クロワッサンをもって
巣穴にのぼっていくところだ。

仕事があまりうまくいっていない。自分の仕事が少し分かってくるたびに、ぼくは新しい部門に回される。こんなやり方にいったいどんな意味があるのかよく理解できない。ぼくを愚かにするためなのか、それともぼくの上司が極めつきの愚か者なのか？　そのことを周りの人たちに話すと、彼らは、それは当たり前だよ、君は釣りのことも狩りのこともけっして話さないもの、と答える。君は四六時中本を読んでいるから、彼らはいつも君が逃げることを予期しているのさ、とこの男がいう。でも工場の半分の人間が金曜日に戻ってこなくても、ぼくはいつもいるのに。あいつらは木曜日に小切手をもらうや、急いで居酒屋に飲みに行ってしまうじゃないか。たしかにそうだ、と誰かが答える、でも全部使い果たしてしまえばすぐ戻ってくるって分かっているから。しかし、君はここには長居しないだろう。どうして？　読書する人は工場には留まらないよ。なら、あいつは？（ぼくはカントを読んでいるやつを指差す）　あいつは三回死なないと本を読み終えないだろうね。

今朝はとても暑かったので
ぼくはコートを
厚手のセーターに変えた。
「気をつけたほうがいいぜ、
冬はまだあきらめてはいないから」と
バスを待っていた、
その道一筋に生き抜いた
高齢のギニア人の移民がぼくにささやく。

彼はぼくにコートとブーツを
しまわないように、と忠告した。

人びとは冬を奇妙に生きる。二カ月前に予告され、六カ月間、黙って耐える。そしてようやく終わると、すぐ戻ってくるぞと脅す。冬がアイデンティティの問題の中心に行き着くのだ。人びとはときとして新参者を怖じ気づかせるために冬を利用する。また別のときには、自分たちの文化的特殊性を主張するために冬を要求する。したがって人びとはこの詩句の中に自分たちの姿を認めるのだ。「わたしの国は、国ではなくて、冬だ。*」

会計係がやってきて、
清掃部門で
働いている二人のハイチ人に
伝えてくれ、とぼくにいう。
ランチの時間は
仕事を中断しなければならない、と。
あいつらはみんなが食べているのが分からないんだ、

*ケベックのシンガーソングライター、ジル・ヴィニョーの歌の一節

と喉で低く笑いながら
会計係はいう。

ぼくはこのことをすべてクレオル語で
二人のハイチ人に説明した。
彼らは黙ってこちらを見ていた。
ぼくがしつこくいうと、微笑してから
ふたたび仕事に就いた。
ぼくは戻って会計係に会い、
彼らのダイエットは
たぶんぼくたちのとは違うということを
彼に分かってもらおうとしたが、
彼はただ、二人が休み時間に食べるのを
拒めば解雇されるだろう、
とだけ答えた。

彼らは誰にも

口を開かない。
二人のあいだでは
身振りで意思疎通している。
彼らが食べているのを
見た者は誰もいない。
ゾンビのことを
最初にぼくに教えてくれたのは
工場長の秘書だ。

二人は兄弟で
ジョゼフとジョザファだ、
ハイチの北東部の農民で、
モンレアルに来るために
すべてを売り払った。
誰かが彼らに、
家畜のように
働かなければ

国に返すぞ、といったのだ。

彼らは自分たちが毎週受け取る給料の半分を振り込まなければならない相手の名前をぼくにいおうとはしなかった。しかし彼らは半年で適応し、一年で町を熟知し、二年でタクシーを買い、五年でモンレアル＝ノール区に一家を呼び寄せ、十五年で事業を始めるだろう。ジョゼフ・ジョザファ会社だ。

いくつかの雪片が
空中を舞い、
家や車の
屋根の上に
静かに
積もる。
ぼくらのまぶたにも。

家まで送り届けてくれる
黄色いバスを待ちながら

子どもたちは学校の中庭で
小型そり（トボガン）で
すべって遊んでいる。
彼らの叫び声が
聞こえなければ、
まるで見捨てられた
炭坑町にでもいるような
気分だ。

その年の最初の
吹雪がぼくの隣人に
（そしてメディアにも）
呼び起こした
気ちがいじみた興奮を
ぼくはまだ覚えている。毎年
戻ってきて
こんなに長く居座る

ものにこれほど夢中に
なれるということに
心を打たれた。

テレビではお天気嬢が長々と謝っていた。五月の末に、雪は五センチしか積もらないだろうと予測しておきながら五十センチ積もったといって。そのことしか話さない。地球上のその他のニュースは一日や二日待てるだろう。画面に登場する人物の一人ひとりが吹雪に注釈をつけることを自分の義務としている。ときにはお天気嬢をからかうためのこともあるが。最初の吹雪が町に陶酔感を引き起こすとしたら、この最後の吹雪は、すでに冬のタイヤから夏のタイヤに交換してしまったドライバーたちをまったく制御不可能な怒りの爆発へと促す。

今朝〈インディアン〉は
仕事に来なかった。
月曜にはよくあることだ。
彼にはもう会えないのではないか
という予感がする。

暑さが戻ってきた。
今度こそほんとうに。

身体が服を
脱ぎたがっている。
人びとは大量の
セーターの下に
世界一
美しい
十六歳の娘たちを
発見して
びっくりする。

一人の娘が通りすぎ、
ぼくは振り向く。
もう一人通り過ぎ、
ぼくは振り向く。

三人目が通り過ぎ、
ぼくは振り向く。
ついに、ぼくは
彼女たちが通りすぎるのを見るためにすわる。

冬の地獄を
通り越さなければならない。
春の熱狂を
経験するには。

春と
夏のあいだは
一枚のカエデの葉のように
薄いようだ。

ぼくは町の中心街まで
行った。人間の森が

波打つのを見るために。
歩く木々だ。

サンドニ通り。
サンルイ小公園*のそば。
放浪する若いヒッピー、
犬を売る者たち、
見捨てられたストリッパー、
麻薬の売人、
狂信的な菜食主義者たち、
歯の抜けた詩人たち、
タトゥーを入れた青少年たち、
かつてのロック歌手、
新しいチンピラなど、
あらゆる連中に出会う。
腹を空かせた若い虎として
ぼくがテントを張るのはここだ。

*サンドニ通りに面した小公園。『ニグロと疲れないでセックスする方法』の話者はこの近くに住んでいる

ぼくはセックスしたくない。セックスは冬にするものだ。北国の深い眠りから覚めたばかりのこれらの乳白色の身体をむさぼり食うことを夢見る。ぼくの身体のほうは、人種とは無関係で全面的に人類に関わる人食いの衝動を無傷なまま保っているのだ。たった今、自転車で通りすぎた若い娘のたいそう柔らかな足にぼくの牙を突き立てるのを自制するには、規則と禁止事項とタブーの複雑な体系を何千年もかかって構築しなければならなかった。というのも、男であれ、女であれ、ぼくたちの内面の深いところでは、獣が吼えているからだ。

冬のあいだ中、見えなかったのに、
今やカルチエ・ラタン*を
肩で風を切って歩いている
これらの男たちはみんなどこから出てきたのだろう？
彼らは町の周辺にある
小さな虫がうようよしている
部屋に住み、
春の訪れが本物だと

＊モンレアルのダウンタウンにある学生街

確信するまでは
けっして姿を現さない。

ナタリーとぼくが公園を横切ろうとしていたとき、彼女の昔の恋人の一人が近づいてくる。ぼくは場所を明け渡すためにベンチに行って腰を下ろした。彼らは散歩道を歩きながらいっとき議論した。十五分後、ぼくは彼女がいたずらっぽい笑みをたたえながら戻ってくるのを見る。なんでそんなふうに笑っているんだい？　彼ってば、先月、わたしを嫉妬で狂わせて面白がっていたのよ。それで？　今度は彼の番ね。で、君は面白かったのかい？　予想以上にね。オルガスムと同じくらい強力だったわ。今なら彼が何をそんなに面白がっていたのか分かるわ。ナタリーが人類の快楽のうちでももっとも古いものの一つを発見したばかりだと信じるほど、ぼくはおめでたくない。彼女はこれまでにも別の男で同じ手をつかったことがあり、犠牲者はこのぼくだったのだから。

〈インディアン〉がいなくなって
一週間が過ぎたころ、
ぼくは秘書から聞いた。

彼がぼくのお月様の帽子を
もって
工場長の娘と
駆け落ちしたことを。
ぼくには彼のナイフを残して。

赤い
幌つきオープンカーに乗って
工場長の娘と一緒に
アディロンダック山地*を
越えて
ニューヨークに向かう道を行く。

ナタリーはブラジル人の
ミュージシャンと出会い、
向こうに
巡業に出かけた。

＊ニューヨーク州北部にあるゆるやかな山地

彼女の話では、
サルヴァドール・ダ・バイーア*まで
行くそうだ。
彼がカフェで
カエターノ・ヴェローゾ*の
歌を演奏しているあいだ、
ナタリーは花を売るだろう。
ぼくはナタリーがどういう人間か知っている。
彼女はきっと本人に会って、自分のために
「イパネマの娘」を演奏してもらおうとするはずだ。

ぼくは自分のシャツを賭けてもいいが
ナタリーがあの年がら年中文無しの
ギター奏者と巡業を
終えることはあるまい。
同じ人と
同じことを二度するのが

*ブラジル北東部の古都

*一九四二―、ブラジルの作曲家、歌手

嫌いなこの娘にはブラジルは
あまりに広大で活気がありすぎる。
もしぼくが彼は音痴だといったら
みんなはぼくが嫉妬していると思うだろう。

隣りに住む女性が自転車をかついで
階段を上がってくる
音が聞こえる。ぼくが外に出ると
彼女は運河*の
いちばん端まで
行ったと話してくれる。

彼女は黄色い
薄手のワンピースを
着ている。
ふくらはぎには
細いかすり傷が

*ラシーヌ運河

筋のようについている。
短い髪は
汗で
うなじに
はりついている。

誰かが隣りの女性の部屋をノックする。
スラヴ系のアクセントが強い
女性の声。しばらくしてから
ぼくは耳を
壁に押し当てて
長いうめき声と
押し殺した叫び声の入り混じる
ギャロップをじっと聞く。

ぼくは見ている。
赤い目をした

翅（はね）の透明なハエが
部屋の中を飛んでいるのを。
いらいらさせる音楽だ。
こいつと一緒に
夜を過ごすのか。

わざとではないが、
階段で
隣りの女性とすれちがう。
彼女の後ろから
馬のお面をもった
筋肉質の、背の高いブロンドの女性がついてくる。
彼女は共犯者めいた様子で
ぼくに微笑みかけた。

しばらく前から開いていなかった
サンドラール*の小説の中に

*一八八七―一九六一、フランスに帰化したスイスの作家

十ドル札を見つけた。
クリーニング店の太ったおかみさんからの
プレゼントだ。 彼女はこうして
恵まれない
環境の人びとの読書に
助成金を出そうとしているのだ。

小さな本棚に
ぼくの読者としての生活の
五人のBがいる。
ボルヘス、ブコウスキー、
ボールドウィン、ブルガーコフ
そして芭蕉。

ぼくはまだハエが思いのままに
飛んでいるのを眺めている。
そいつは部屋から台所へと向かう。

窓から出て行くが、何か
忘れ物でもしたかのように
戻ってくる。いたるところが
我が家のようだ。こんなおもちゃがあったら
とても高そうだ。
元気で無遠慮なので、考えるのはただ
こいつを殺すことだけだ。

今日の午後、ぼくは
ここに到着したばかりのころ
生活した
最初の
狭い部屋の
前を通りかかった。
同じ黄色い汚れたカーテンがかかっている。

突然、奇妙な

感覚を覚える。
この町ではみんなが
クレオル語を話していて
ぼくのことをよく
知っているようだ。
こういうことが
起こるのは
並行世界（パラレルワールド）に
いるからで、
早急に決心
しなければならない。留まるのか
出発するのか。

リンゴ三つと
オレンジ二つ、
ブドウ五〇〇グラムと
ナシを数個、

それに大きなメロンを一つ買った。
夏場は果物と女の子と
冷たい水で生活する。

ぼくが踏みしだいている
草は少し前まで
雪の層の下にあったことに
たった今
気づいたところだ。
三回雨が降り、
何日か暑い日が続いたら
ぼくたちの記憶から
冬がかき消されてしまった。

天気の悪い日々を
長らく共に過ごした
小さなハツカネズミが

昨晩死んだ。
ぼくはそいつを
テーブルの脚もとで見つけた。

この世で
死んだハツカネズミの
身体ほど
柔らかい
ものはない。

ハエが、いなくなった。
ハツカネズミが、死んだ。
ぼくはしたがって、
汚いけれど
明るいこの
小さな部屋で
動物界を代表する

最後の者だ。

母からの封筒だ。
丸っこい字なので
すぐに分かる。
これはぼくに衝撃を与える。
この手紙は、切手も貼られずに
どうやってここまで
到着しえたのだろう。
誰かがぼくの郵便箱に
すべり込ませたのだ。

母の手紙を
読むために
外階段にすわった。
基地からの知らせを
受け取ったばかりの

前線の
兵士のような興奮だ。

みんな工場の前に出てきて
ランチを食べ、通りすがりの
女の子たちに口笛を吹き、
ビールを飲み、
殴り合いの喧嘩をしようとしている者たちを
けしかけ、安上がりに
楽しい時間を過ごす。

でも、〈インディアン〉が
いた頃はもっと楽しかったことを
思い出させる者がいた。
彼が今どこにいるのかも、
工場長の娘とどうなったのかも
知る者はいない。

「どっちにしても、あいつは
ひとかどのやつだったな」と、彼は
道路に空き瓶を投げながら
結論する。

ぼくは隅っこに
一人ですわり、アリの列を眺めている。
アリは暑さもかえりみず、
パンを一口
飲み込む時間さえ
惜しんで
働きつづけている。
だからアリの組合について
いわれていることは
ほんとうだ。

高齢の女性が

大きな買い物袋を
引きずりながら
やっと歩いている。
ラジオでは
日陰でも華氏九〇度*を予告している。
そこから十センチのところでは
年齢は知らないが
このアリが
自分より五倍も重い
一かけのパンを
運んでいる。

この熱い
にわか雨が
夏の訪れの
証拠だ。
高齢の女性は

*摂氏三二度くらい

汗びっしょりになって
しかし唇に微笑を
たたえて家に
到着する。

仕事をするのが難しくなる。
外では太陽が輝き、
女の子たちは
裸同然で、
サンローラン通りとサントカトリーヌ通りの
角ではアイスクリームが
九十サンチームで売っていることを
知っているときには。

ぼくが美しいと思っていた
ぽっちゃりして官能的な
体つきの娘（こ）たちには

以前ほど興味がなくなりはじめ、
やせっぽちで
あまりに白く、
青白いとさえ思っていた
娘たちが今では
ぼくのあらゆる
注意を引いている。

ぼくから
一メートルも離れていないところで
情熱的な
長いキス。
女の子は赤い
ミニスカートをはいている。
ぼくは立ち止まることなく通りすぎる。

通りの両側に

生えているカエデの木、
その生い茂った枝々が
互いに梢を触れ合わせ
表敬の列をぼくにつくってくれている。
スタジアムに到着する
マラソンランナーにふさわしい。
自然は冬を生き抜いた者たちに
こうして挨拶するのだ。

花咲くバルコニーに
腰掛けた高齢の女性は
通りに面した階段を
孫が駆け下りていくのを
微笑みながら見ている。
孫は車庫で冬を過ごした
五〇年代製の
ビュイック*の幌つきオープンカーに

*アメリカの自動車メーカー

乗っている「親友」のところに
行こうとしている。

五〇年代の若い娘たちの大部分が（そもそもこれは、ハリウッドの甘ったるいロマンスによって不滅になったものだが）最初のオルガスムを経験したのは、クロムメッキされたこれらのピカピカの車の後部座席においてだった。彼女たちは性的快楽を感じているふりをしていたのだ、と管理人のおばさんがぼくに話してくれた。彼女は「婚約者」がその晩飲みすぎて、状況を把握しきれていなかったことを思い出す。彼女にとっては最初の見せかけのオルガスム、彼のほうは初めてほんとうに酔っ払っていた。セックスが人類の遊びのヒットパレードの中でなぜ未だに一位なのかが分かったのは四回目に試してからだった、という。では、権力は？　とぼくが訊ねる。管理人のおばさんは笑った。権力は、お金と同じで、それをもっている人しか味わえない快楽だけど、オルガスムはだれにでも手の届くところにあるのよ。そうですが、性的快楽はみんなが感じられるわけではありません。もちろんよ、欲望が欠如していたら、世界中の黄金を全部集めたってどうにもならないわ。夕べのおしゃべりはとめどない笑いのうちに終わった。このことによってぼくは、年配の女性、とくにお祖母さんのような穏やかな様子をした女性とは、セックスの話は尽きないということを確信した。

日が暮れる。
管理人のおばさんは少し寂しさを
感じながら思い出す。
彼女の婚約者は
女性の性感帯について
聞いたことが一度もなかったことを。
ぼくはおばさんにいう。
今だってそんなに進歩してはいませんよ、と。
なぜなら、たとえその辺の誰かが
その場所や、何の役に立つかを
熟知していたとしても、
その割にはこの遊びが
好きではないですから。
人生はあまりに機械的で
目まぐるしくなってしまったので、

こうしたことすべては
当世風にとってはちょっと職人気質にすぎるようですね。

帰って寝る前に、最後にもう一回り。暑い夕べの、雑踏。彼らはサンドニ通りのカフェで活発な議論に没頭している。真冬の静寂とはまったく異なる音楽だ。これが、二月にこの同じ通りですれ違ったのと同じ人たちだとは信じがたい。彼らはできるだけ寒風を避けるため斜めに歩き、寄り道もせずに暖房がきいたアパルトマンに帰るところで、まるで、それぞれが命拾いすることしか考えていない敗走中の軍隊のようだったのだから。

鍵を探すが
見つからない。
一週間のうちに
これで三度目だ。
きっとそろそろ
よそを見に行く頃なのだろう。
たとえ管理人のおばさんが

ぼくのことを孫のように
扱ってくれるにしても。

ひとつところに
長居するのは
ぼくの習慣ではない。

ねぐらも住居も
なかった頃のことが
懐かしくなりはじめている。

住所が
なければ
町全体が
おまえの
ものだ。

マスターキーを借りるために管理人さんのところに立ち寄る。ドアが閉まっているとはめずらしい。ぼくの後ろから来た男性が、彼女は妹のために薬を買いに行ったけれど、間もなく帰ってくるだろう、と教えてくれる。振り返ると大佐だった。一瞬躊躇する。彼のことは、窓の向こうにしか想像したことがなかったから。

見る
人が
見られたものに
なった。

大佐は引き返してきて、管理人が戻るのを待つあいだ私の部屋に来て一杯やりませんか、とぼくを誘う。人びとは田舎での家族との暮らしを離れて、「より華やかな生活を期待して」都会に来る。大佐は大都会へのデビュー当時のことを思い出しながら目を輝かせる。最初は孤独であることに満足していて、最後は街角の薬剤師が唯一の友となるのだ。自分自身の話に興奮して、彼は上着を脱ぐが、ネクタイははずさない。彼はぼくにドライ・マティーニ*を注いでくれる。窓はバラ色の空に向かって開かれていて、彼はそれに感じやすくなっているようだ。

*ジンとベルモットで作るカクテル

彼はぼくがそう信じていたような
大佐ではなく、
中心街の
高級ホテルで
四五年間
バーテンダーをしていた。
そのホテルはアメリカの
チェーン店に買収されてしまったところだが。
エドワード・ホッパー[*]の絵の
中にでもいるような気分だ。

彼の視線の中の
この怒りの閃光は、
孤独などという
哀れっぽい話題は終わりにして、
より刺激的な話題、

＊一八八二―一九六七、
アメリカの具象画家

野蛮な資本主義に移ろうとして
いることを示している。

あなたに何かお教えしようというのではないのですよ。ええ。でも、この町で人びとが敬意を払うのはお金だけです。この人生で、とつけ加えるべきかもしれませんが。そこに辿りつくために、これだけ大騒ぎしたのですから、と彼は部屋の中を大股で歩きながら続ける。といいますと？　彼は漠然とした身ぶりでぼくに空間を示す。これ全部ですよ。彼はもうぼくのほうを見ていないらしい。だから、私は退散するんです、と締めくくりながら窓の前に行き、じっと立っている。

まるでハイチ北部に住む
プリミティヴ絵画の画家フィロメ・オーバン*の
素朴画の中のようだ。
ぼくたちは突っ立っている。
彼は、窓際に。
ぼくは簡素な家具を備えた
この部屋の真ん中に。

＊一八九二―一九八六

二人のあいだには、あまりに具体的なので
触れてみたくなるような沈黙。

ドアの音が聞こえる。管理人さんがもどったようですね、とほんの少し微笑みながら彼はぼくにいう。二杯目のドライ・マティーニを飲む時間はなさそうだ。ぼくは降りていく。管理人はいつもと同じように温かくぼくを迎えてくれるが、ほどなく妹の近況を教えてくれる。去年まで元気で、病気になったことはないし、頭痛一つしたこともなかったんですよ、とフーと息をつきながら彼女はいう。それから胸に軽い痛みを訴えるようになり、それが消えないのです。全部検査をしたけれども、どこも悪いところが特定できないので、お医者さまは年齢による痛みだというんです。彼女はようやく鍵を取りに行ってくれる。

狭い階段をよじ登りながら、
ぼくは年老いた画家の
薄暗いアトリエを訪れたときのことを思い出す。
フィロメ・オーバンは
五十年来

一日八時間描くのだとぼくに語る。
彼は描くのを
止めずにぼくに話しかけつづける。
自画像の最後のタッチだ。

窓のない小さな部屋である彼のアトリエを
けっして離れない画家。
いつもベランダにすわって
コーヒーを飲んでいるぼくの祖母。
そしてぼくは、実験室のハツカネズミのように
たえず走り回っている。

ぼくは食べながらテレビを見ている。オランウータンに関するドキュメンタリーだ。このアメリカ人女性（まだ国籍はわからないが、彼女がアメリカ人であることはまず間違いない）はとても若くしてこの森にやって来たのだそうだ。それは、この偉大なサルの習性を学び、人間たちの強欲（いつだって金の問題だが）から彼らを守るためだった。彼女が彼らの信頼を獲得するには何年も、いや、一生か

かった。彼女は今、カメラの前で、目をきらきらと輝かせながら語る。こうしたことすべては、「自然の驚異」が絶滅するのを避けるためなのです、と。ジャーナリストは彼女に、もし彼らが人間だったらそのうちの一人と結婚しますか、と訊ねた。うつむいた様子からすると、どうやら、もうすでにしているらしい。ジュリーが大好きなのは、人間がもっとも高いモラルを示すこの種の番組だ。

今日の午後もまた、
清掃部門で
働くやつが一人
会計係にさえ予告せずに
辞めた。
彼は最後の小切手と四パーセント*を
送ってもらうように
工場長の秘書に住所を残した。
扇風機を買って
冷蔵庫を八回
ビールで満たせる

*長期休暇手当

ちょうどの額だ。

人生は此所ではなく他所にある、
しかしどこにも行く
金がないんだ、
とまだトイレでカントを
読んでいるやつがぼくにいった。

夕方近く、
警察が工場に
突然やってきて、
非正規滞在の
二人のハイチ人を連れていった。
彼らは闇で働いていて
最低賃金よりずっと
安い給料だった。
「私のもっとも優秀な労働者」

とジョゼフとジョザファが出ていくのを
見ながら工場長はいった。

ニュースでいっていた。
ハイチ人の一人が
首つり自殺をし、弟も
後を追うのではないかと心配している、と。
もし今ジョザファが
テレビを見ていたら
彼は何を期待されているか
分かるはずだ。

瘠(や)せののっぽが
ぼくにささやいた。ぼくらは
同じ給料でこれまで以上に
働かなければならないだろう、と。
二人で十人分の

仕事をしていた
ジョゼフとジョザファの
代わりをしなければならないからだ。

今晩テレビで、恐怖の中で暮らしながら、良心の呵責を感じない経営者に搾取されている移民の悲劇についてのドキュメンタリーをやっている。一人の大学教授がこの問題について意見を述べる。それから、地域のリーダーたちによるかなり激しいコメント。ぼくはテレビを消して、長いあいだ闇の中にいた。一人の人間が死んだのだ。

一晩中
上階の老人が
休みなしに歩いていた。
彼はぼくの頭の
真上で
床を杖で
叩いていた。

午前五時。
救急車のサイレン。
階段で足音。
ぼくはドアを開ける。
彼らは老人を降ろす。
担架係が、助かる見込みはない、
とぼくに身振りで伝える。

ぼくは上階の
老人の部屋に
上がってみる。
すべて整頓されている。
彼は覚悟していたのだ。
かなりピントのぼけた
白黒の古い
写真のページで

開かれたアルバム。
荒れ放題の庭で
母親と
ボール遊びをしている
子どもがいる。

浴室で
歯ブラシ立ての
そばに
コップにはいった
入れ歯を見つけた。
ぼくはこのような細部を
詮索好きな
人たちの目から
隠すことにする。
彼らは、生涯
他人と

よい距離を保った
この人が
どのように生きていたのか
知ろうとするにちがいないから。

ジュリーが通りの角で
曲がるのを見る。
彼女は歩道の陽のあたっている
側を歩いて
ぼくのほうに来る。
彼女は青いワンピースを着て
とても感動的だ。
これほどやさしくて
同時に悲劇的なものを
見出すのは
ビリー・ホリディ*の歌の
中でしかない。

＊一九一五―一九五九、米国の黒人女性ジャズ歌手

ジュリーとぼくは
ときどき仲違いをするが
いつも同じ
理由による。
性に関する
行き違いだ。
彼女はいつでも
自分が望むときに
戻って来られると
知っている。
そしてある日
もう戻ってこないことに決めたら
どこで彼女が見つかるかさえ
ぼくには分からないだろう。
それでよいのだ。

ぼくは四季を経験した。
若い娘とも
女性とも知り合った。
ぼくは貧困を経験した。
孤独も経験した。
一年のうちに。

もしぼくがポルトープランスにとどまっていたら、
家族、友人、
近所の女の子たち、
そしておそらく監獄
以外のものを
知ることはなかっただろう。

故郷を離れて
別の国に行き、
劣った状態で

すなわち保護ネットなしで
故郷に戻ることもできずに
生活することは
人間の大冒険の
究極のものであるように思える。

人びとは同じ食べ物を
食べているわけではないし、
同じようなものを
着ているわけでもなく、
同じリズムで
踊るわけではないし、
同じ匂いや
同じアクセントをもっているわけでもない、
そしてとくに同じように夢見るわけではない、
といわざるをえない。
だが適応しなければならないのはぼくのほうだ。

母親の
言葉ではない
言葉ですべてのことを
いわなければならない。
それこそが旅というものだ。

あの国、ハイチ、
詩人のジョルジュ・カステーラ[*]がいったように、
人びとが惰性で
死に向かう場所。

ぼくはそこを離れたが
まだここの人間ではない。
「お待ちなさい、お若い方、
まだたった一年じゃないですか」と
レモン風味のハトの調理の

＊一九三六―、ハイチの作家。一九五六年にヨーロッパに渡るが八六年、デュヴァリエ政権が倒れると帰国

仕方を教えてくれた
公園の高齢の浮浪者はぼくにいう。

二日前から、テーブルの上には、
マルティニック*の詩人
エメ・セゼール*の
『帰郷ノート』の
真新しい一冊が置かれている。
ぼくはそれをあえて開かない。なぜならこの帰郷は
ぼくの頭の中ではあまりに遠いために
死の
一形態と簡単に
混同してしまうからだ。

いつになったら
この町が
自分にとって

*カリブ海に浮かぶ島。フランスの海外県の一つ

*前出。一九三一年、奨学金を得てフランス本土に学び、三七年帰国

見知らぬ町
であることをやめるのか
正確にいうことはぼくにはできない。
おそらく
ぼくがそれを見るのを
やめたときだろう。

——君は来るのが遅かったな、ヴュー、
と〈アフリカ人〉がぼくにいう。
最後にもう一度君にいう。
ここでは全部お終いだ。
ぼくは行くよ。

昼食の後、
ぼくは一時的な感情から
工場長に会いに行き、
ぼくは作家になるために

今すぐ
工場を辞める、と
彼にいった。

会計係は
一言もいわずに
ぼくに最後の
小切手をくれた。
しかし秘書は
ぼくが出がけに
彼女のうなじに
触れると赤くなった。

モンロワイヤル通りの店の
ほこりだらけのウィンドーに
古いタイプライターがある。
レミントン22だ。

さしあたり
ぼくに必要なのはこれだけだ。
町に一部屋
見つけなければならない。
そこにはベッドと食卓と
タイプライターしかないだろう。
誰も連れてこないつもりだ。

だからぼくは
公園に戻って、ぶらぶらし、
女の子たちを見て、
印象を書き留め、
もちろん、ハトの
別のレシピも
試してみる。

訳者解説

小倉和子

本書はハイチ系ケベック作家ダニー・ラフェリエール（一九五三―）による自伝的小説 *Chronique de la dérive douce*, Grasset & Fasquelle, Paris / Boréal, Montréal, 2012. の全訳である。

本書の初版は一九九四年にモンレアル（日本では「モントリオール」と英語読みされることが多いが、カナダ・ケベック州の公用語はフランス語なので、本書では地名の現地語主義――国連地名標準化会議――に則って「モンレアル」と表記させていただいた）のVLB出版から刊行されたが、二〇〇九年に『帰還の謎』（メディシス賞、拙訳、藤原書店刊）が出版されたことによって二作は対をなすものと位置づけられるようになり、二〇一二年に大幅な増補改訂をほどこした新版が刊行された。ボレアル版の帯には『帰還の謎』のあとは〈到着の謎〉ともある。『帰還の謎』がケベックからハイチへの三三年ぶりの「帰還」を主題にした自伝的小説であるのに対して、本書は、話者が一九七六年にモンレアルに到着した直後の一年間の所感を綴ったもので、作家ラフェリエールの原点といってもよい。この新版は、二月にパリのグラッセ社から、四月にモンレアルのボレアル社から出版されているが、邦訳の底本には版権の関係でグラッセ版を使用した。ただし、二つの版は、語句のうえではほぼ一致しているものの、改行等に関して若干の異同があるので、ボレアル版も適宜参照させていただいたことをお断りしておく。

ハイチからケベックへの「移住」

『帰還の謎』の訳者解説にも書いたが、ダニー・ラフェリエールはモンレアルに移住する前、ジャン＝クロード・デュヴァリエによる独裁政権が続くハイチの首都ポルトープランスで、反対派の急先鋒『プチ・サムディ・ソワール』紙のジャーナリストをしていた。一九七六年夏、同僚が秘密警察員（トントン・マクート）に暗殺され、自らもブラックリストに載っていることを知ると、急遽国外脱出を図る。二十三歳のときのことだった。カリブ海に浮かぶ常夏の島から、わざわざ北国のケベックを目指したことを不思議に思う人もいるかもしれないが、異国で仕事を見つけ、生き延びようとする者にとって、言葉は考慮すべき第一条件となる。ハイチはフランス語とクレオル語を公用語とする国であるから、アメリカ大陸のフランス語圏であるケベック州は当然、有力候補となる。中でも七〇年代のモンレアルはすでに国際都市として州都ケベック市以上に外国人を引きつけていて、ハイチからの移住者も少なくなかった。さらに、ラフェリエールが到着した七六年の夏はちょうどモンレアルでオリンピックが開催されていたから、話題性という点でも、ラフェリエールの決断になんらかの影響を及ぼした可能性は大きい。

じつは、ラフェリエールの父親も、フランソワ・デュヴァリエ（ジャン＝クロードの父）の独裁政権に追われて、ダニーが物心ついたときにはすでにニューヨークに亡命していた。ダニーのハイチ脱出もかぎりなく「亡命」に近いものだったが、彼は亡命申請をしていない。「ぼくは亡命させられたわけではない、殺される前に逃げたのだ」（本書四一頁）という一節からうかがえるのは、「亡命者」という言葉につきまとう微妙な被害者意識や憐憫の情を拒否し、つねに自由な「旅人」であろうとする意志である。

「漂流」

その「旅人」の意識と重なるのが、本書のタイトルにもある「漂流 dérive」である。これは一九七五年から八七年までハイチ系知識人たちによってモンレアルで出版されていた文芸雑誌のタイトルでもある。カリブ海に浮かぶ島国から北米の都会に移住し、まだ新しい社会に根を下ろしたという実感がもてずに揺らいでいる存在。しかし、その「揺らぎ」はかならずしもネガティヴであるばかりではない。既成の概念にとらわれずに何にでも融合できる自由な精神に価値を置くこの雑誌は、一九七九年以降、「間文化的雑誌 revue interculturelle」を標榜するようになり、八〇年代後半からケベック社会で推進されはじめる「間文化主義 interculturalisme」の先駆けとなる。また、本書の原題でも、「漂流」には「甘い＝穏やかな douce」という形容詞が付加されている。「漂流」はしていても、ここでは少なくとも命の危険はない。黒人だというだけで警官から職務質問や身体検査を受けて憤る場面がある一方、レジでこっそり勘定を負けてくれる食料品店の店員や、無職の外国人に人柄だけ見て部屋を貸してくれる大家などがいて、大都会の人びとが外国人に示すさりげない優しさに身を委ねながら、甘美な「漂流」をしている話者の姿が浮かびあがってくる。

「年代記」に描写されるケベック、そしてモンレアル

ケベック州では、住民の八割がフランス語を母語とするにもかかわらず、十八世紀半ば、英仏の激しい抗争の末にイギリスの植民地になって以来、一九七〇年代までフランス語の地位は極端に貶められていた。状況に変化が現れたのは、一九六〇年、ジャン・ルサージュが率いる自由党が州で勝利をおさめてからである。それまで「守り」に徹していた社会が、後に「静かな革命」と呼ばれるようになる近代化をわずか十年足らずで成し遂げ、富を独占する少数の英系支配者と彼らに搾取される大多数の仏系労働者という構造を転換することに成功する。そして一九七七年には、きわめて強力な言語法である「フランス語憲章」を制定して社会のフランス語化を徹底し、現在では、フランス語がさまざまなエスニック・グループも含めた社会全体の共通語として定着している。

モンレアルはそのケベック州最大の都市で、現在の人口は約一六五万人（都市圏全体では三八〇万人）、カナダ全体でもオンタリオ州のトロントに次ぐ第二の都市である。この都市を大きく特徴づけているのが、本書（二一頁）にも登場するサンローラン大通りである。モンレアルは五大湖からケベック州の中央を流れて大西洋に注ぐサンローラン河（セントローレンス河）の中洲にできた都市で、この河から北西に向かって垂直に延びるサンローラン大通り（英語ではしばしばたんに「メイン」と呼ばれる）を境に、十九世紀を通じて英系住民と仏系住民の棲み分けが進む。東に仏系、西に英系、そして大通り沿いにはさまざまなエスニック・コミュニティーが形成されていくのである。現在のケベック州は「間文化

主義」を推進し、英系と仏系の対立を和らげるだけでなく、多くの移民との「共存」にも心を砕いている地域だが、余計な軋轢を避けるために進んだ棲み分けは、現在なお、多少なりともこの都市を特徴づけている。

「ぼく」がスーツケース一つで命からがら辿りついたのは、そのような場所だった。オリンピックの最中で、空港に降り立ったとたんに目に飛び込んできたのは、あの伝説の体操選手ナディア・コマネチの映像だ。赤いミニスカートをはいた女の子が、公衆の面前で恋人と別れのキスをしている。タクシーの窓から外を眺めると、通りでは、長い冬を耐えた人々が羽目をはずして束の間の夏を楽しんでいて、ストリーキング（公道を全裸で走る）をする者までいる。ハイチもケベックも同じ人間が暮らしている場所ではないか、どうして生きていけないことがあろうか、と腹をくくってはみても、やはりカルチャーショックは隠しがたい……。

「ぼく」を待ち構えていた生活は厳しいものだった。最初は住むところにも食べるものにも事欠き、一人公園で時間をつぶす。長距離バスの発着所のベンチに寝ころんでいると、警官が来るのを教えてくれる者がいる。夜中に中華街の裏通りに行けば、残飯にありつけると教えてくれる者も。炊き出しのスープや、公園でよろよろしているハトを捕まえて、浮浪者に教えてもらったレシピで煮込んで飢えをしのぐこともあった。本書の原題にある〈chronique〉は、個人の日記より歴史的・社会的な広がりをもった「年代記」を意味すると同時に、ラフェリエールが作家になる前にテレビや新聞で担当していた「時評欄」をも指す言葉だが、身寄りのない孤独な青年は、こうした日々の出来事の一つ一つを「年代記」として書き綴ることで、かろうじて心の安定を保っていたのだろう。

しかしやがて、移民支援センターで受け取ったわずかな現金で安い部屋を借りることができる。彼を精神的、肉体的、さらには経済的にも支えてくれる複数の異性が出現し、仕事も見つかる。地下鉄とバスを何度も乗り継いで辿り着く郊外の工場で、夜中から明け方までベルトコンベアーに向かうきつくて危険な仕事だが、それでもともかく自活の道を見つけ、週末はテレビ・ドラマを見ながらパスタを食べ、多少のワインを共にできる女友だちもいる生活は、まんざらでもない。

モンロワイヤルの丘を紅葉が彩り、生まれて初めて雪を見る。「氷の通過儀礼」を経験して春を迎え、二度目の夏が訪れる……。「四季を知らないうちはこの土地の者ではないだろう」と思う「根なし草」の若者は、異国で過ごした最初の一年間を、ジャーナリストとして養った鋭い視線と、持ち前の抒情性が入り交じった独特の文体で「年代記」に綴り、七〇年代の北米の一都市を鮮やかに浮き彫りにしていく。

ケベックにおける移民文学と間文化主義

ケベック文学においては、八〇年代後半からダニー・ラフェリエールのような移民作家が重要な役割を果たすようになる。中でも、イタリア系のマルコ・ミコーネ（一九四五―）、ハイチ系のエミール・オリヴィエ（一九四二―二〇〇二）、ユダヤ系のレジーヌ・ロバン（一九三九―）、ブラジル系のセルジオ・コキス（一九四四―）、アラブ系のアブラ・ファルード（一九四五―）などは草分け的存在で、九〇年代以降は、中国系のイン・チェン（一九六一―）や日系のアキ・シマザキ（一九五四―）など、アジア系作家の活躍も目立つようになる。国を追われるようにして到着した者、ヨーロッパを経由して辿り着いた者、より大きな表現の自由やより多くの読者を期待してやって来た者など、ケベックを選んだ理由はさまざまだが、彼らが書いたものはしばしば「移住（者）のエクリチュール écriture migrante」と呼ばれる。

「エクリチュール」が「書く行為」や「書かれたもの」を指すことは今さら説明するまでもなかろうが、「移住（者）のエクリチュール」とは、この表現の創始者とされるハイチ系の言語学者で、詩人でもあるロベール・ベルエ＝オリオルによれば、「移住する主体が後にしてきた国、あるいは失った国、現実的であったり幻想を帯びていたりする国を虚構の素材にして生み出される、身体と記憶のエクリチュール」である。換言すれば、移民たちが後にしてきた土地にまつわるさまざまなものを現在住まう場所で虚構の中に再構成していくエクリチュール、ということになるだろうか。とはいえ、書き手自身が新しい国に身を置いている以上、そこで再構成されるはずの記憶は多少なりとも新しい国のフィルターを通して見た過去となるし、それを受容する主たる読者が移住先の人々であることもエクリチュールの質に少なからぬ影響を及ぼすだろう。作家の視線は過去から現在へ、故郷から移住先の国へという一方通行の運動を行うだけでなく、二つの場所と時間の間をたえず往復するはずだし、その結果、二つの場所と時間の固定性そのものが危うくなることさえありうる。さらに言えば、「移住する」のは書く主体だけではない。「移住（者）のエクリチュール」はたんに移住者によって書かれたものを意味するだけでなく、作家の手を離れてエクリチュールそのものが移住し、そのことによってさまざまな場所の読者に受け入れられていく可能性までも意味するはずである。先述した「漂流」の感覚や「旅人」の意識は、「移住（者）のエクリチュール」の本質だといってもよい。

移民作家は出身国の記憶を語ったり、ホスト社会での体験を語ったりすることによって、読者を異国に誘ったり、あるいは「他者」との共存のしかたについて示唆したりする。ケベックはもともと人口が多くないうえに、近年は他の欧米社会の例に漏れず少子化も進んでいるため、移民を受け入れることが成長の前提となる地域である。そのための戦略として、移民作家たちが積極的に受け入れられ、彼らの創作活動が支援され、かつて『漂流』誌のメンバーたちが提唱した「間文化主義」が、長い年月をかけて現在では政治の局面でも推奨されるようになってきている。カナダ連邦政府が七〇年代から提唱する「多文化主義（マルチカルチュラリズム）」に対抗するかたちで打ち出された「間文化主義」を一言で定義するのはむずかしいが、フランス系の人々の文化を核とし、フランス語を意志疎通の手段としながらも、「他者」との積極的な交流と共存に価値を置くゆるやかな統合の理念としてとらえることができる。

芸術的なサーカス団として日本でもファンが多いシルク・ドゥ・ソレイユが、モンレアルに本部を置いて世界各国で興行を開始したのは一九八四年のこと。日本の元オリンピック選手も含めて、世界の五十を超える国や地域からアーティストたちを募り、衣装から大道具まですべて自前という総勢五千人のカンパニーほど「間文化主義」を体現している集団もあるまい。そのような流れの中で、フランス語で書く移民作家にたいする期待は当然のことながら高まり、ケベックでは、中学・高校の国語の教科書の中でも彼らの作品が「移住（者）のエクリチュール」として大きく取り上げられている。ダニー・ラフェリエールが十年近い作家修業の後、『ニグロと疲れないでセックスする方法』（一九八五年刊、立花英裕訳、藤原書店刊）で華麗にデビューを果たしたのも、まさしくそのような状況下だった。

ケベックで売れっ子になったラフェリエールはその後、静かな執筆環境を確保する意図もあったらしく、九〇年代には家族で米フロリダ州マイアミに居を移し、南北アメリカ大陸を舞台にした作品を次々と発表していく。それらは「アメリカの自伝」という総称で呼ばれている。

二〇〇二年にモンレアルに戻り、二〇〇九年には『帰還の謎』によってモンレアル書籍大賞とフランスのメディシス賞をダブル受賞。そして昨年二〇一三年十二月、アカデミー・フランセーズ会員に選出される。ハイチ人、ケベック人、カナダ人のいずれとしても初めてのことである。彼のアカデミー入りが意味するところについては多角的に分析する必要があるので、ここで詳しく論じるのは控えたいが、このニュースにハイチのマルテリー大統領も、ケベック州のマロワ首相（当時）も、そしてカナダ連邦政府のハーパー首相も、真っ先に祝辞を贈ったことは記しておきたい。そればかりか、ケベックでは、「いったいダニー・

ラフェリエールはほんとうにケベック作家なのか？」といった半ばやっかみともとれそうな論争まで巻き起こったが、そのこと自体、話題性があったことの証拠だろう。十七世紀以来フランス語の規範づくりを担ってきた権威ある（しかしいささか旧態依然の感を否めない）アカデミー・フランセーズが、これまで以上にフランス語圏世界と手を携えていくことの必要性を認識しはじめていることは間違いない。一方、カナダの一州でありながら、独自のネイションを主張するケベックが多様な価値観に開かれた社会であることを世界に知らしめ、かつまた、一八〇四年というきわめて早い時期に自力で独立を果たしたものの、そのために今日なお経済的な後遺症に苦しんでいるカリブ海の黒人共和国ハイチがその存在をアピールするうえで、人気作家ダニー・ラフェリエールに期待されるものはきわめて大きいのである。

本書の文体と表現

本書の文体的特徴について付言しておきたい。一九九四年の初版は日々の出来事を一日一句、俳句を詠むように書いたもので、三六六篇（この年は閏年）の断章から成っていた。先述した理由により、二〇一二年の新版では、一見自由詩と見える部分と明らかな散文とが混在することになる。このスタイルは『帰還の謎』で本格的に導入されたものだが、ラフェリエールが敬愛し、親近感を抱いている旅の俳人、芭蕉の俳句と俳文の組み合わせを意識しているようにも思われる。

自由詩の部分と散文の部分とでは、エクリチュールの質が明らかに異なる。ラフェリエールの作品の魅力はおそらく、ハイチのプチ＝ゴアーヴで祖母に育てられた幼年時代に培われた抒情性と、長じて身につけたジャーナリスト的な鋭い批判精神が共存しているところにあるが、大まかに言うならば、前者が詩、後者が散文で表現されている。自由詩的に改行されている部分も、とくに伝統的な作詩法を尊重しているわけではなく、むしろ意外な改行も目立つのだが、そうした約束事からの「逸脱」とも思える「句またぎ（擲置）」が、言葉の力を引き出すうえで大きな効果を上げている。

ついでながら、話者の愛称でもある「ヴュー」についても一言お断りしておきたい。この語は本来、親しい間柄での呼びかけに使われるものである。形容詞としては「年老いた」、名詞としては「古株」などを示すが、呼びかけとして使う際に、年齢は関係ない。「ねえ、おまえさん」といったところだ。しかし、ここでは「ヴュー」は話者の半ば愛称として用いられており（彼にはもう一つ「ヴューゾ（古い骨）」という愛称もある）、意味だけでなく、濁音のもつ力強さが重要なので、固有名詞に準ずるものとして、そのままカタカナ書きとさせていただいた。

また、文中の〈インディアン〉は、差別用語の響きがあるため、現在では「先住民 Premières Nations, First Nations」と呼ばれるのが一般的である。しかし、ここでは〈アフリカ人〉などと同様、話者が働いている工場の同僚のあだ名なので、カッコに入れてそのままカタカナ書きとした。

最後になったが、ラフェリエールの魅力に早い時期から深い理解を示してくださっている藤原書店社長の藤原良雄氏に厚く御礼申し上げたい。この邦訳は、二〇一一年に作家が来日したときから二人のあいだに育まれてきた信頼と友情がなければ実現しなかったであろう。また、編集の労をおとりくださり、いつもながら数多くの適切な助言をしてくださった山﨑優子さんにも、この場を借りて厚く御礼申し上げる。

＊　＊　＊

現在では、訳者自身も含めて、日本の読者がラフェリエールと同様の「亡命」にかぎりなく近い心境をみずから味わう機会は稀かもしれない。が、であればこそ、他者の体験に耳を傾けることの意義は大きいのではないだろうか。グローバル化の中で、日本国内にも、異なる文化的背景をもつ人はますます増えている。「故国を離れて／別の国に行き、／劣った状態で／すなわち保護ネットなしで／故郷に戻ることもできずに／生活することは／人間の大冒険の／究極のものであるように思える」（本書三〇五―三〇六頁）という一節がまことに印象深い。

二〇一四年七月

著者紹介

ダニー・ラフェリエール（Dany LAFERRIÈRE）

1953年，ハイチ・ポルトープランス生まれ。小説家。4歳の時に父親の政治亡命に伴い，危険を感じた母親によってプチゴアーヴの祖母の家に送られる。彼にとっての「最初の亡命」であり，創作の原点と後に回想。若くしてジャーナリズムの世界に入るも，23歳の時に同僚が独裁政権に殺害されたため，カナダ・モンレアルに亡命。1985年，処女作である『ニグロと疲れないでセックスする方法』（邦訳藤原書店刊）で話題を呼ぶ（89年に映画化。邦題『間違いだらけの恋愛講座』)。90年代はマイアミで創作活動。2002年より再びモンレアル在住。『エロシマ』（87年),『コーヒーの香り』（91年),『終わりなき午後の魅惑』(97年),『吾輩は日本作家である』（08年。邦訳藤原書店刊),『帰還の謎』（09年，モンレアルの書籍大賞，フランスのメディシス賞受賞。邦訳藤原書店刊）など作品多数。2010年にはハイチ地震に遭遇した体験を綴る『ハイチ震災日記』（邦訳藤原書店刊）を発表した。その他，映画制作，ジャーナリズム，テレビでも活躍している。2013年12月よりアカデミー・フランセーズ会員。

訳者紹介

小倉和子（おぐら・かずこ）

1957年生。東京大学大学院博士課程単位取得退学。パリ第10大学文学博士。現在，立教大学異文化コミュニケーション学部教授，日本ケベック学会会長。現代フランス文学・フランス語圏文学専攻。著書に『フランス現代詩の風景』（立教大学出版会），『遠くて近いケベック』（御茶の水書房，共編著），訳書にデュビィ，ペロー編『「女の歴史」を批判する』，コルバン『感性の歴史家 アラン・コルバン』，サンド『モープラ』，ラフェリエール『帰還の謎』（以上藤原書店）他。

甘い漂流（あまいひょうりゅう）

2014年8月30日　初版第1刷発行©

訳　者　小倉和子
発行者　藤原良雄
発行所　藤原書店

〒162-0041　東京都新宿区早稲田鶴巻町523
電　話　03（5272）0301
FAX　03（5272）0450
振　替　00160-4-17013
info@fujiwara-shoten.co.jp

印刷・製本　中央精版印刷

落丁本・乱丁本はお取替えいたします
定価はカバーに表示してあります

Printed in Japan
ISBN978-4-89434-985-8

二〇一〇年一月一二日、ハイチ大地震

ハイチ震災日記

〔私のまわりのすべてが揺れる〕

D・ラフェリエール

立花英裕訳

首都ポルトープランスで、死者三〇万超の災害の只中に立ち会った作家が、ひとつひとつ手帳に書き留めた、震災前／後に引き裂かれた時間の中を生きるハイチの人々の苦難、悲しみ、祈り、そして人間と人間の温かい交流と、独自の歴史への誇りに根ざした未来へのまなざし。

四六上製　二三二頁　**二二〇〇円**
（二〇一一年九月刊）
◇978-4-89434-822-6

TOUT BOUGE AUTOUR DE MOI　Dany LAFERRIÈRE

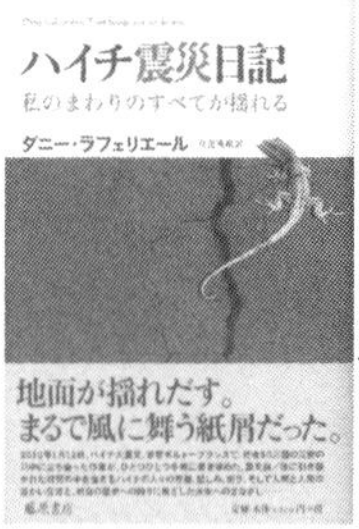

ある亡命作家の帰郷

帰還の謎

D・ラフェリエール

小倉和子訳

独裁政権に追われ、故郷ハイチも家族も失い異郷ニューヨークで独り亡くなった父。同じように亡命を強いられた私が、面影も思い出も持たぬ父の魂とともに故郷に還る……。詩と散文が自在に混じりあい織り上げられた、まったく新しい小説（ロマン）。

仏・メディシス賞受賞作

四六上製　四〇〇頁　**三六〇〇円**
（二〇一一年九月刊）
◇978-4-89434-823-3

L'ÉNIGME DU RETOUR　Dany LAFERRIÈRE

「おれはアメリカが欲しい。」衝撃のデビュー作

ニグロと疲れないでセックスする方法

D・ラフェリエール

立花英裕訳

モントリオール在住の「すけこましニグロ」のタイプライターが音楽・文学・セックスの星雲から叩き出す言葉の渦が、白人と黒人の布置を鮮やかに転覆する。デビュー作にしてベストセラー、待望の邦訳。

四六上製　二四〇頁　**一六〇〇円**
（二〇一二年一二月刊）
◇978-4-89434-888-2

COMMENT FAIRE L'AMOUR AVEC UN NÈGRE SANS SE FATIGUER　Dany LAFERRIÈRE

「世界文学」の旗手による必読書

吾輩は日本作家である

D・ラフェリエール

立花英裕訳

編集者に督促され、訪れたこともない国名を掲げた新作の構想を口走った「私」のもとに、次々と引き寄せられる「日本」との関わり——しなやかでユーモアあふれる箴言で魅了する著者の、アイデンティティの根源を問う話題作。

四六上製　二八八頁　**二四〇〇円**
（二〇一四年八月刊）
◇978-4-89434-982-7

JE SUIS UN ÉCRIVAIN JAPONAIS　Dany LAFERRIÈRE